当我举杯的时候

把对面留给你

猫伯爵 著

8个来自宇宙深处的故事

5场对世界的温暖告白

愿你在颠沛的尘世有枝可依

同心出版社

图书在版编目（CIP）数据

当我举杯的时候 / 猫伯爵著 . — 北京：同心出版社，2014.11

ISBN 978-7-5477-1352-5

Ⅰ．①当… Ⅱ．①猫… Ⅲ．①随笔—作品集—中国—当代 Ⅳ．① I267.1

中国版本图书馆 CIP 数据核字（2014）第 250771 号

当我举杯的时候

出版发行：同心出版社
地　　址：北京市东城区东单三条 8-16 号东方广场东配楼四层
邮　　编：100005
电　　话：发行部：（010）65255876
　　　　　总编室：（010）65252135-8043
网　　址：www.beijingtongxin.com
印　　刷：北京时捷印刷有限公司
经　　销：各地新华书店
版　　次：2015 年 1 月第 1 版
　　　　　2015 年 1 月第 1 次印刷
开　　本：880 毫米 ×1230 毫米　1/32
印　　张：7.5
字　　数：150 千字
印　　数：8000 册
定　　价：35.00 元

自 序

直到准备开始写这篇序，才意识到自己的书好像真的要出版了，欣慰之余又觉得有点难以置信。这种慢半拍的恍惚状态，也许来自我对孩童时代无忧无虑的眷恋，以及如今面对种种现实问题时，有点不愿意承认自己已经是个大人了的逃避心理。

十几岁之前的我从未想过，在未来回忆今天所发生的事情会是怎么样的心情呢？直到大学暑假里的某一天，当我翻看高中的日记，面对其中断档了几个月的空白记录，突然发现自己全然想不起来那段时间发生了什么。好像一本小说正看得带劲，当中关键的几页却被谁撕掉了一般让人愤怒。这才意识到，很多年后再想试着回忆生活里的那些片段时，已经为时过晚，那些事情的细节和感受，都早已被时间冲淡不见了。

于是从那时起，我开始每天多多少少以随笔的形式记录下自己的各种琐碎而真实的想法。从十年前的第一篇日志开始到今天，不知不觉中也积攒下几十万字。我是个爱听故事的人，也爱讲故事，无论是别人的，还是发生在自己身上的。所以在这本书里，精选了我多年来的几十篇个人随笔，在英国生活的见闻逸事，以及尝试创作的不同类型的小说，并为每一篇认真配上了插图，希望能更加绘声绘色地把这些有趣的经历分享给读者。

当初跟编辑商量出版事宜时，一开始暂定的书名是《我等你的好消息》，虽然后来因为种种原因没有使用，但自己还是对其喜爱有加。最后决定的《当我举杯的时候》这个书名则来自我很喜欢的一句歌词：当我举杯的时候把对面留给你，遇见美好的诗篇要为你读一遍。长大后愈发觉得，生活里若有这样一个人，相聚时总能和自己毫无顾忌地畅聊心事，无论在什么情况下，也都对彼此充满信心和信任，是何其幸运。

感谢本书编辑们的辛苦工作，感谢我先生、我的朋友们长期以来给予的鼓励与帮助。

最后感谢你，这本书的读者。没错，不要看其他地方，我说的就是你。感谢你选择了这本书，并耐着性子读完这段啰嗦的自序。我觉得在阅读时能与他人产生共鸣的，有时候并不见得非得是一起经历过的什么，也可以是共同的缺失或遗憾。如果读完这本书，你能多少感到在这世界上自己并不是你独自一人在为某些事忧伤遗憾，或高兴快乐，那将是我最大的欣慰。

猫伯爵

目　录

01　双城记

02　白日梦的起点

03 曾在我身边

04 世界这么大

05 听猫伯爵讲故事

01　双城记

至今我都没登上过东方明珠

老码头还没来得及去就已经消失不见了

小时候住过的老洋房改成了高架道路

读过书的学校名字一改再改，最后面目全非

不要说去到很远的国度的人

哪怕你从未离开过

故乡也会渐渐成为回不去的地方

记忆中申城的样子停留在 20 世纪末

弄堂里有小孩和狗在奔跑

燥热的午后边吃桂花酒酿边听着收音机里的滑稽戏和苏州评弹

父母下班回家带了些时令小菜，一手拿着信箱里的《新民晚报》

喜欢的男生打电话过来假装问作业

我把漫画藏在作业本下或者包上习题集的书皮

街上车水马龙，卖茶叶蛋的老太顺便还卖萝卜丝饼

窗外灰蓝的天空下总是飘扬着万国旗

从未想过长大后会飞去大洋彼岸的岛国城市
当我渐渐分得出住宅区域的好坏
一眼能看出陌生人眼里的善恶
听得出不同英文口音潜在的赞美或嘲讽
熟记电视广播频道和超市打折的时段
甚至连邮局、地铁罢工的规律都能应付自如的时候
也渐渐失去了对这个城市的好奇
取而代之的是日常生活的抱怨、习惯及同化

有时候我搞不清楚哪里才是家所在的地方
维珍公司已经造出可以进行宇宙旅行的航天客机
在不远的未来，双城的距离将越来越小
可每当我出了海关，一个人坐在候机大厅的时候都会寻思
脚下这块不属于任何国度的土地
是不是也有一些只属于它的子民
耳机里响起莫文蔚的老歌《双城故事》
我听着歌声轻轻哼唱

来来回回 思想随你而飞
没有了你 天地都是浪费
千山万水 沿路风景有多美
也比不上在你身边徘徊

神秘的东方人，行走在大不列颠的大路上

我大学时有个台湾朋友很喜欢淘旧货，有一次他从旧货市场上淘来一把看上去很酷的日本武士刀和一个看上去很华丽的古董化妆箱。没过几天，他突然不知道哪里来的第六感，觉得自己这次好像慧眼识宝会发财，于是叫上我一起去伦敦苏富比拍卖行求鉴定。

结果才一进火车站我们就被保安拦下，正准备跟他解释这些可疑物品的来历时，保安小哥竟然一脸崇拜地问我们："请问你们是来自东方的武士吗？"朋友沉默不语，只是将一只手轻轻搭上保安小哥的肩膀，同时又给了他一个意义深长的微笑。保安小哥瞬间石化，看那样子一定在展开脑内小剧场。现在想来觉得，还好那是国王十字车站爆炸事件之前的伦敦，换作今日，我们一定会被突然冲出来的便衣警卫过肩摔。

随后，我们一个背着圣衣一般的大箱子，一个扛着意义不明的武士刀，来到熙熙攘攘的伦敦。这奇妙的一高一矮并充满吐槽点的两个

人，加上太抢眼的配件，结果一路引得无数人纷纷侧目。看到路人的反应，我们的心情大好，自动展开了二次元模式切换，好像自己真的是来自他乡的剑客，流浪在这块名叫大不列颠的土地上。于是我们脚下生风，朝着地平线和正义，朝着苏富比大步迈进。

不过最后好不容易来到拍卖行的接待处，只待了十分钟就被一位亚洲区古董负责人鉴定为：两样都是做旧的赝品。辉煌的一天瞬间被画下没落的句点……

有一集《生活大爆炸》里 Raj 为自己开脱时辩驳道："I'm Asian. I'm mysterious. Deal with it." 因为腰疼，我常去公司附近的公园里倒走，虽然有时公园也会空无一人，但大多情况下，不免还是会有很多在草地上休息的游客或者带孩子玩耍的家长。我可以感觉到他们虽然都在努力假装忙自己的事，可仍忍不住不断用余光瞥向我这个每天定点出现的倒走怪人。通常来公园遛狗的人，都会出于礼貌不露出在打量我的眼神，而他们的狗则完全像看到鬼一样，惊得愣在原地甚至对我狂叫不止。有时正倒走着，从对面迎来一位"正走"的路人，我一方面不愿意半途放弃锻炼，也懒得解释自己在干什么，只得和他面对面地走很长一段时间，气氛非常尴尬。有时心理承受能力不好的路人，会为了逃离这种莫名的窘境，不惜突然改变路线，直勾勾走进花坛里去。而我也极力地控制自己的情绪，强装镇定，为了平复内心羞涩的挣扎，于是在脑中自动生成字幕："I'm Asian. I'm mysterious. Deal with it."

几周后，终于有一位住在附近的英国大爷忍不住好奇，把我拦下来问道：“你为什么要每天这样倒走啊？”其实我本想老老实实地告诉他——因为腰疼。但不知为何，我突然神魔附体般地回答道：“我在倒走中体验自然的法则，这其实是一种禅修。”说完我汗流如雨，一心只想找个地洞钻进去。结果那老大爷先是一愣，然后竟意味深长地点点头说：“果然啊，神秘的东方人，我就觉得这一定是某种冥想仪式！”果然什么啊大爷，面对这样不可收拾的结果，我只能火速逃离现场，觉得自己扯淡扯到这个程度真的要惊动外星文明了。

结果之后我去公园倒走时，常常会碰到这位大爷，每次他都远远地向我投来“你好，神秘的东方人”的热情微笑。

天杀的腰快点好起来吧。

陪我上班的人

虽然伦敦的地铁四通八达，但因为大多数还在沿用 100 多年前的那套系统，窄小老旧的地铁车厢内一到夏天就会变成地底桑拿。虽然交通部从五年前开始了整个地铁系统的升级，但这个巨大的改造工程要到遥远的 2026 年才能完成。我上班所要搭乘的那条地铁，在上下班高峰的拥挤程度根本不输给上海，本来就不高的我在拥挤的车厢里站着，几乎露不出脸来。更倒霉的是，我的鼻子还正好与他们的胳肢窝高度齐平，那可真是非人的体验。所以导致有很长一段时间，我宁愿多花点时间在路上，也非要坐公交车上班不可。

固定的时间乘坐固定的线路总是会碰到更多固定的人，大家甚至连上车后挑的座位都是固定的。

有一个美丽的蓝眼睛女孩，每天都和我在同一站等车。有天我突然发现她的无名指上戴起了一枚小小的钻戒。过了几个月，钻戒下又添了一枚银色的婚戒。又过了不到半年，女孩平坦的肚皮微微隆起，在外套上别上了“baby on board”的别针。

常遇到的还有一个戴帽子的高个儿文身男人。他的身高非比寻常，头顶几乎快贴到车厢的天花板，我觉得他老是戴着帽子，可能是为了防止不必要的摩擦。男人总是一脸凶相，皱着眉抿着嘴，手臂到胸口再到脖子蔓延着大片的文身，有图腾、龙、花样和一些文字。颜色微微在皮肤下扩散，应该文了有几年，但整体感很好，图案之间都连接得很考究。有一次他穿了一件无袖的背心，偶尔露出了那条龙的头来，我发现那条龙竟然戴了一副墨镜。我不知道这是文坏了的补救，还是原本的设计，感觉就好像突然看到刺客坐在路边吃冰淇淋一样，有一种荒诞的温馨感。

另外公车上时常会有边照镜子边化妆的女生，她们在摇晃的车厢里自持平衡又 multi-tasking 的水准简直令人称奇。而且这么多年来，我从来没看到有人因为紧急刹车而发生悲剧，姑娘们大概上辈子都是战斗机飞行员或者海盗。

有一对父女也是我这个班车的常客，一路上爸爸常带着小女儿一边做游戏一边唱儿歌。有阵子，早上会在固定某一站上来一个烫着爆炸头的黑人小哥。说实话，我一直都很好奇拥有这类发型的人平时去电影院看电影，到底怎么防止不被坐在后面的人抱怨？果然，一见到黑人

小哥的爆炸头，小女孩就兴奋激动地指着说“好大”。爸爸觉得十分不好意思，不断按住女儿的手，示意她放低声音并且教育她这么做不礼貌。几天后小女孩也许习惯了这样的光景不再叫嚷，但只要黑人小哥一出现，她的视线就像黏住了一样，从后面紧盯着他的后脑勺。有一天小女孩吃完棒棒糖，握着吃剩下的杆子刚要扔地上就被爸爸制止，“不可以乱丢垃圾哟，先拿好，找到合适的地方再扔知道吗？”小女孩点点头，又看看坐在前面的黑人小哥，突然把手里的杆子直插进对方的爆炸头里。周围的乘客以及小女孩的爸爸都被这神来一笔吓到了，一时间无法作出任何反应，而就在这时车到站了，黑人小哥站起身来，毫无察觉地下了车。

还有一次，我在公车上遇到带着一对双胞胎儿子的黑人大妈。两个三四岁的小朋友一直要求妈妈念故事书给他们听，但是妈妈手头拿着很多文件，估计还有没有完成的工作想在坐车的时候赶完，所以一直说："Not now baby，mummy is busy！"但是两个小朋友更加卖力地撒起娇来，"妈妈我要听故事！"最后她终于拗不过两个小朋友，大叹一口气道："OK，just a quick one，give me the book."

我看到这本小画书叫《Where did he hide？》，每一页的不同场景里都有各种小动物躲在细节里供小读者发现，所配的文字都是同样一句："where did he hide？"可大妈在翻开第一页后，突然赛马解说员上身，差不多以正常语速的 5 倍念了起来！我当时有种误入时间裂缝的错觉。

整个画面大概是这样的：

妈妈：where did he hide？唰（翻页）。where did he hide？唰（翻页）。where did he hide？唰（翻页）。where did he hide？唰（翻页）。where did he hide？唰（翻页）。where did he hide？唰（翻页）。where did he hide？唰（翻页）……

小朋友：……

（°Д°≡°Д°）(°Д°≡°Д°）(°Д°≡°Д°）(°Д°≡°Д°）(°Д°≡°Д°）

读书的全部过程大概在15秒后突然结束，念完，妈妈又低头看起文件来。

两个小朋友整个惊呆了，一路坐到下车都没说话。

每天上班的途中，我就是这样靠看身边各种各样的人来打发时间。

我看他们的发型，看他们的穿着，他们的首饰，他们拿的包，有时候还偷瞄一下他们听什么音乐看什么片子，自我催眠——其实大家都是来陪我上班的群众演员。有时会发生有趣的事情，有时平平凡凡，一站又一站，一日又一日就这样过去。

冬天的时候，伦敦的公车里会开很强的暖气，漫长的路途加上温暖的车厢，让人昏昏欲睡。常常我坐着坐着就睡着了，猛然醒来后发现车子竟然还一动不动地堵在原地。身边的车窗上起了厚厚一层雾气，零星飘散的雪花粘在窗户外，很快又再次融化成水滑落进黑夜里。从车里望出去，整个城市都变成了扩散着的五彩光晕，隐约能看到路边楼房的轮廓和步履匆匆的行人。这是一种微妙的时刻，你觉得自己仿佛是小说里的一页情节，时间好像在某一时刻静止了，然而在这一点上的所有人和事物却又都是鲜活着的。

骑车记

话说上周我在网上看到有人卖二手自行车，就和对方说好周末去取。一想到阔别 10 年又能再次体验在路上自由驰骋的快感，就觉得好激动。但是一查地图，发现从对方家骑回来差不多有 16 公里的路程。我几乎没有在伦敦的大路上骑过车，上班时看到路上的自行车骑士都穿得跟要去开高达一样，头盔目镜紧身衣，荧光背心运动短裤，个个屁股撅得比头高，脚蹬得比车快，嗖嗖地呼啸在时速 48 公里每小时的机动车道上。

如此勇猛的景象时常看得我望而生畏，想起自己以前在国内骑车又是另外一番仙风道骨。天热时穿着夹脚拖鞋和超短裙就骑车出门，遇到下雨没带雨披还会一手打伞一手持车，风刮大点我整个人就可以上天了。又或者把几公斤重的书包放在前车框里，晃晃悠悠不说，后座还带个闺蜜，闺蜜手里拿根冷饮，她咬一口我转过头再啃一口……如此这般，真不知相比国内和国外，到底哪种骑法更容易让人见上帝。

记得骑得最远的一次，我们和班里的几个同学一早七点就从市中心出发，沿途四个小时各种迷路走错，横跨了大半个上海，终于在正午抵达了郊区的森林公园。站在公园大门口，同学激动得语无伦次，说："我们终于'森'力到达了'胜'林公园！"更不可思议的是，当时我们六个人只有四辆自行车，所以大伙一路上还得轮流负责载着两个没车的人。不过怎么说那都是体力巅峰的少年时代，骑那么久还玩了一整天也不觉得累，迎着夕阳回家又迷路得一塌糊涂的时候，还依旧很自豪很开心。

由于这位卖车给我的友邻自己就是自行车爱好者，常常骑长途，区区 16 公里不在话下，那天他还特地叫来了另一位车友，说他们会护送我一起回家。想着自己好歹以前也骑过远距离，前去取车时还小有信心，结果一见到两位大侠的装备和打扮，我觉得自己有可能要死在路上……

因为两位大侠是这样的：

不但车子看上去好高级好专业，简直像专业车手一样，一个跑公路一个跑拉力。尤其是大侠A（左），从头到脚穿了一套赛车手的紧身服，我忍不住时不时用余光偷看他，心想，哎哟喂，真的是好紧啊！

而和专业的他们相比，我却是这样的邋遢：

透风的休闲衫，毫无弹力的牛仔裤，破洞的匡威鞋。只有头盔和锁是临时买的，大侠还说我锁买贵了。

调整好车的高度后我们便启程出发。两位大侠一前一后，我骑中间，虽然感觉自己在风格上无法融入，但是人身安全至少可以得到完全的保障。骑出居民区后，我就发现自己已经置身大路，汽车开始在身边呼啸而过，危险程度迅速飙升。明明早上还风和日丽的伦敦又突然刮起了大风，而且那风大得让人感觉都快要把不列颠岛吹得撞上旁边的爱尔兰。我们一路顶风骑车，吹得眼睛都睁不开。在这种情况下，想要跟上大侠们的速度的结果就是没到 1/3 的路程我已经面露菜色，大侠 B 说你要是累可以说。我心里喊着我真的好累啊！但是碍于面子只能勉强微笑着表示：没事，我们继续！况且这才过了 15 分钟。

自然所有的装酷行为都是要付出代价的。一半路程后我觉得屁股和大腿的肌肉酸得濒临爆炸。遇到上坡，好几次都到了几乎要下来推车的地步，平时搭交通工具丝毫没有察觉，一骑车才发现伦敦简直处处都是山地地形。于是我不得不减慢了速度，慢到有时已经看不到前面开路的大侠 A 了。到了最后的 1/3 路程时，一路几乎都是上坡加顶风，我整个人基本处于精神涣散的状态，而大侠们则如沐春风地闲谈聊天，讨论周围街景如何如何，一会儿给我喂水，一会儿在背后推我上坡。大侠 A 解释道，如果骑在他后面可以借一些力挡一点风，我嘴上说好的好的，心想我也根本跟不上你啊。三个人的间距在我的努力下，一会儿太小一会儿太大，好几次到路口我累得连刹车都没力气了，差点一头撞上停在前面的人。不知道是牛仔裤的关系还是和新车的同步值尚未协调到最佳，大概根本就是我的体能太差，要不是最后一程刚好是下坡，我已经决定妥协地说："咱们下车推着走吧。"所以终于突然远远地看到了自己家的时候，感觉就像村上春树在跑马拉松后所写下的感受："此刻只想停下，再也不用跑了。"

由于一路上我们三个人的手机 GPS 同时都收不到信号，只能一边看路牌一边找路骑，不免走了一些弯路，后来用电脑计算大概一共骑了 18 公里。当然抵达目的地后，两位大侠看上去还是那样轻松，和我的狼狈形成了鲜明对比。心想之前我还信誓旦旦号称要骑车上班，我肯定是脑子坏掉了，从家到公司有 20 公里哪。骑车上班？这不科学！

由于我太久没骑车了，当天晚上，身体几乎每个部位的肌肉都抱怨似的纷纷疼起来。整整一个月，我都只能胜任类似骑车买菜这样的任务。前不久环法自行车的队伍从家门口的公路驶过，周围的邻居都带着孩子去看热闹，我坐在家里盯着电视屏幕上连续十几个小时没有停下的自行车大军，心里默默揣测他们的心情，他们会不会也跟我一样暗暗抱怨着伦敦的路窄坡多，风大雨大，一心只想快快骑到终点喝杯冰啤酒。

盗梦厕所

记得刚来英国时，总觉得在大马路上问外国人厕所在哪里是挺不好意思的事，还多次碰到问对方“W.C. 在哪里”，而路人满脑袋问号的情况，后来才知道 W.C. 这样的说法似乎比较美式。所以在还没有智能手机找厕所的年代，只能靠自己留心观察。有时看到大楼上挂出来的“TO LET”（房屋出租）的告示牌，还会看走眼以为是“TOILET”（厕所），心想怎么这些个厕所都在高楼里。

后来我发现所有火车站都一定会有厕所，例如伦敦维多利亚火车站的公厕，不但卖一次性牙膏、牙刷，甚至还有洗澡冲凉的地方，大概是方便流浪汉或者背包客，人情味十足。可火车站的厕所大多都还是要收费，从 20P 到 50P 不等，上一次厕所要收 5 块钱在我看来简直不可理喻，所以大多数情况下都还是决定先忍一忍，等下去火车上用免费的。根据英国建筑保护条例，一般不允许在一条充满老建筑的街道上突兀地盖一座风格不相关的房子，就连厕所也不行，所以马路上很少见到国内那种门面豪华并有清洁阿姨坐镇把关的公共厕所。因此，在闹市区的公共厕所都常常被迫建设在地下，由以前废弃的地铁站入口或者防空洞改造而成。比如市中心SOHO区的一个公用厕所的入口就开在马路当中的安全岛上，一不留神就错过了。不过在这类公厕门口，常常还会放一个收费的体重计这类意味不明的设备，我至今都不明白，真的会有人在逛街之时心血来潮花钱测个体重？

英国人习惯排队，有时候在商场看到一条长龙以为是什么店里搞特价，结果却发现是商场厕所前的队伍。几乎所有的商场按照规定都必须提供残疾人专用的隔间，我发现虽然知道有这样的空位，可即使是在厕所人满为患大排长龙的时候，英国人还是老老实实地排队而不去使用它。对此，有人赞扬说这是高素质的表现，但也有人认为英国人太古板不知变通。在医院、牙科诊所这类机构，厕所便会建成以“病人/残疾人使用”为前提的规模。空间宽敞到必须保证轮椅可以进入，在马桶四周也都特地安装了把手，洗手池上贴满为了防止传染必须洗手的告示，还有各类消毒纸巾洗手液。另外，为了防止病人在用厕时有突发状况，还特地安装了警报装置。因为英国老式房子里厕所的灯开关都是吊绳设计，结果有阵子我在老房子里拉吊灯开关拉惯了，去医院看病后上完厕所一顺手就拉响了警报……以下省略几百字不堪回首的记忆。

最后值得一提的是某些旅游景点附近的移动厕所，乍一看高科技含量十足，空间虽小，但设施一应俱全，可当你一进去后就会发现这天杀厕所的门锁竟然有个倒数系统，根据说明，如果你在 5 分钟内还未解决完毕，大门将自动开启！这是何等的精神压力，体验过一次后我便再也不想感受这种“便捷”了，还是坚持自己的老办法，走到哪里发现了厕所就默默记下，以防未来的不时之需。

我的外国朋友跟我回国时最大的不习惯就是上厕所，从小用抽水马桶长大的他们完全无法理解蹲坑的使用方式。每到这个时候，我就想起我初中教学楼里那间让人过目难忘的女厕所。

当年一般女厕所的布局不外乎如此——一边是洗手台一边是蹲坑的隔间。如果学校里的厕所隔间有门并可以从里面锁上，已经是非常高级非常人性化的设计了。在认为“学生解手隐私 =0”的年代，一般都是一个个开放式的隔间，挖一条从头到底在隔间底下连贯起来的坑就完事儿了。当那一头冲起水来，脚底下就可以看见“前人”姿态各异的便便顺流而下，往往另一头入水口处的隔间还会激起波澜，所以在最后入海口如厕的人，都会很痛恨此时突然冲水的家伙。

为了更好地让大家明白那个女厕所的奇妙，我根据回忆努力画了这张俯瞰图。

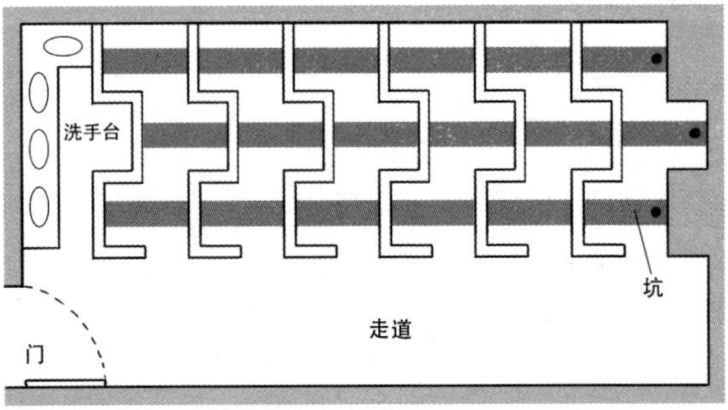

灰色的三条是坑道，曲折的是隔间之间的矮墙

这间堪称人类厕所建筑史上奇葩的女厕所，一共有三六一十八个隔间。由于隔断矮墙的高度大概只到腰际，在我幼小的记忆中，站在厕所门口放眼望去，如同迷宫般曲折的结构，仿佛看不到尽头。如图所示，这厕所最令人匪夷所思的特点就是内嵌式隔层设计，三条坑道水平排列，上面各纵向横跨了三个隔间，隔间的位置还是前后交错的，使得有时显现一个人头，有时显现一个屁股。

下课时人一多，局面更是难以控制。若要走到最靠墙的那排隔间里，就必须跨越前面两排，若这两排的隔间已经有人蹲，只能视若不见地从人家身上一步跨过去。有时我在中间那个隔间如厕时，正好来了对手拉手一起上厕所的姐妹淘，她们不假思索地一左一右蹲下，同时两个人还在继续聊天，无论从地理还是心理上都让我处于一种极其尴尬的境地。甚至有时我还得顺便帮忙递个手纸、卫生巾什么的……

这神一样的厕所深深地留在了我的记忆中，以至于十几年后的今天，只要我做到厕所噩梦，十有八九就是那一间。在梦里这间厕所更是无限放大，甚至男女混杂，满地浊物。坑道两边的踏板要么高低不一，要么间距极大，或者从坑道望下去是黑洞洞的无底深渊，让人感觉简直是在用生命上厕所。梦里我又着急又犹豫，东张西望不知所措，最后活生生被尿憋醒。

外国友人在听完这个故事后纷纷起立鼓掌，一脸“你太不容易了”的表情。有时我也会想，不知道当年设计这个厕所的建筑师是否还健在，他是否会在午夜梦回突然一身冷汗地惊醒，大喊一声：“天哪！我都做了些什么！”

在世界的中心呼喊山口山

算来我玩魔兽世界至今已经快 10 年了，从欧服第一次开放就在那个世界驻扎下了，以致人生中好多事件都可以用魔兽游戏的发展历程来标记。有阵子我的电脑频出问题，老公问我上次重装系统是什么时候。我想了想回答道："当时魔兽还没出《燃烧的远征》资料片。"老公一阵沉思后认真地劝我："你真的该重装系统了。"我的玩法叫"游山玩水做任务，没有理由不杀人"。所以，虽然我只有一个大号，可这个大号至今都没到 90 级，加上我的装备也都很破，因为太追求配色和款式，常常 70 级了还穿着 40 级的旧衣服舍不得换，所以总是被联盟低我两三级的热血路人一拳打死在他乡，结果就是对每个营地城市里墓地在哪儿、修装备的人在哪儿都熟门熟路。

虽然现在因为工作很少有时间再玩，但我对魔兽世界这款游戏一直有着很深厚的感情。

大学时几乎每天都和朋友玩上几小时，大家都是同班同学，又住一栋宿舍楼里，二次元和三次元几乎合二为一。游戏里我的角色是法师，我男友（现在已经成为老公）是猎人，再加另外两个朋友，一个也是法师，一个也是猎人。由于起初我们根本不懂角色分配，所以产生了这种非常不科学的组合，一旦碰到危险情况压根没人给我们加血，只能疯狂地自己给自己打绷带喝血瓶吃面包，场面非常难看。但难看归难看，我们如此相互扶持慢慢地也走过了魔兽的各个时代，除了游手好闲的我，大家都成长为可以独当一面的地方一霸。那年当大灾变发生时，我飞翔在俨然已经一片火海的贫瘠之地，头一次在游戏世界里也感到了时光一去不复返的惆怅，不由感慨地对老公说："如果未来我们的小孩也玩魔兽，当他第一次来到十字路口时，我们就会跟他说：'想当年这里也是一片祥和平静哪。你爸爸妈妈就曾在这片土地上练级成长。'"

我知道很多人只是把魔兽世界当作一款普通热门网游来玩，手头账号一大串，每个角色都金光闪闪地穿着最厉害的装备头顶90级光环，杀人无数所向披靡。但我也一直相信，肯定有更多人跟我一样掏心掏肺地爱着那个世界。所谓用生命玩魔兽，有时候比起形容网瘾少年，也许更适合我这种自作多情类的玩家。必须说魔兽世界是一个充满爱的团队做出来的游戏，每一个人物的前世今生，每一条故事线的来龙去脉，花花草草、虫鸟鱼蛇等所有生物的命名，都不厌其烦花大力气去推敲设计。这是一种"虽然看不到柜子背面也要把背面做好"的手艺人精神，在现在这个急功近利的世界显得尤为可贵。在这么庞大的世界里，有些角落几乎永远不会有人涉足，但我却常在悬崖山脚或海洋深处这种犄角旮旯的地方，发现一些匪夷所思的边缘人物，突然闯进他们被赋予的细节和生活，就像看电影看小说一样，有时候甚至让人动容。

魔兽世界的物品繁杂，道具包里寸土寸金，空间总是不够用，虽然我常常需要清理没用的垃圾来放更加值钱的玩意儿，但有些东西却总是舍不得丢掉。

记得做过这么一个任务，一位在山林里受伤的矮人战士让我转交一个包裹给他失落的部族成员，可等我跋山涉水跑到目的地时，却发现他的村庄和部落已经被敌人毁灭了，只留下另外一支中立的族群接管领地。等我回去报告这个令人伤心的消息给那位矮人战士后，他表示虽然你去晚了但还是谢谢。接着他给了我一张黑白照片，照片上是他当年与家人的全家福。这张照片我一直留着，时不时拿出来看看，想象着那个世界又或者我自己生活中不曾认识却又辛苦奋斗着的一个个小家庭。还有刚玩魔兽世界时，碰巧遇到一位好心的巨魔大兄弟一直带我练级，送了我初级的装备和道具包，从偶尔的聊天中得知他是挪威人，年纪比我大不少，已经是两个女儿的爸爸。如今我已经有了很多超大容量的背包，但这个只有 10 格的小包我一直保留着，因为包上还可以看到他的网名：Made by Jillchill。后来不知从何时起，这位大兄弟就不再上线了，每次我看到巨魔一族总还是会想起他。

从最初降落在希思罗机场的一个 30 公斤行李箱，到如今满满一屋子的家具书柜钢琴衣物。这些慢慢多出来的都是我生活里舍不得丢弃的沉重而甜蜜的负担。

以前读大学的时候很穷，到了暑假也没钱出去玩，于是就常在魔兽世界里转悠，去各地钓鱼游泳爬山看海。游戏世界的时间与现实同步，有时我会特地上个闹钟爬起来，登录游戏，跑好远去塔那瑞斯的沙漠里看海上日出。那时英国北半球的夏夜，屋外的太阳 10 点才刚下山，白昼冗长，非常超现实。学生宿舍楼里静悄悄的，大家不是回国就是出门打工了，我一人坐在客厅里玩魔兽。电脑屏幕上，我的角色正奔跑在千针石林的峡谷中，这是一条曲折而悠长的路，耳边响起的只有自己的脚步声。我一直跑着跑着，很长一段时间都没有遇到一个玩家，也不知道这条路通向什么地方，恍惚中一种全世界只剩下我一个人的巨大孤独感将我包围。就在这时，突然眼前一片开阔，我看到了前方一望无际的闪光平原。脚下是在黑夜里都亮得耀眼的白色土地，抬头望去，湛蓝的夜空里闪耀着地球上已经看不到的璀璨星空。那些亿万年前的星辰如今可能早已不在，我们看到的只不过是他们远古的幻影。

那个夏日客厅里的我，看着屏幕里魔兽世界的我，抬头看着头顶上那片耀眼的星海。

也许还有一个更广阔的世界里的我，此刻也正看着电脑前拼命打字的我自己的后脑勺。

这一个个维度次元里的我，也许比之前那个要远离或者接近世界中心一点点。

此刻谁比谁更真实也已无关紧要。

注：中文的山口山，来自英文的 WOW 的中文变形。WOW 是全名 World of Warcraft 的缩写。

身残志不残

我有个时不时爱画自己书桌的习惯，每隔几个月就速写下书桌上的玩意儿，过阵子再看，发现当时自己买的用的这些东西有的不知道丢哪儿了，有的已经送人，有的根本想不起来是什么，像大家来找茬的游戏一般，很有意思。通常桌上占了最大面积的永远是各种型号的台机或这笔记本。想来我在英国这么多年里已经换过 5 台电脑了，而让我印象最深的永远是我用过的第一台笔记本。

那台笔记本原是我妈工作用的，记得是三星当时出的超薄款，样子很摩登。当时家里谁都没带电脑出国的经验，光是为了要把笔记本塞进行李箱还是随身拿着就犹豫不决了好几天。父母担心我一个小女生初次跑远门，人生地不熟，提着台笔记本说不定容易成为小偷的目标，为了安全起见，最后还是包了好几层衣服塞进了我的托运行李箱。结

果到了机场却被工作人员告知这种方法很不安全，最好还是提在手里，何况我又有人接应，单单在飞机上的几个小时里，是相当安全的。于是父母又决定当场开箱把笔记本从衣服里挖出来，可这时大家才想起来我们谁都没有记得带笔记本包。

说出来没有人相信，最后我是拎着一个装着笔记本电脑的半透明联华超市的塑料袋上的飞机。

讽刺的是，这简直和最初家里人希望我维持低调的形象完全背道而驰。好不容易飞机降落到了英国，可就在我站在传送带边上等待行李的时候，不知谁不小心撞了一下我的推车，挂在推车把手上的塑料袋的把儿断了，紧接着响亮的“啪嗒”一声，笔记本重重地掉在大理石地板上。

直到好几天后我终于安顿进了学生宿舍，这才想起来机场那一摔。谢天谢地电脑正常启动了，唯独风扇口偶尔会发出“嘶嘶”的声音。我安慰自己，经过那样扎实的一摔，要完全没有后遗症也不可能，但只要系统能正常运行我暂时就放下了心。可好景不长，这“嘶嘶”声越来越大，最后变成了刺耳的“哔哔”鸣叫，我打电话给懂电脑的朋友，对方表示可能是风扇被摔裂了，碎片卡什么地方造成的。刚到英国的我，整个人还活在“一棵白菜竟然要卖一磅钱”的精神冲击下，要我花几百磅去修电脑简直是开玩笑。但那刺耳的“哔哔”声实在让人没法学习，结果我想了个掩耳盗铃的方法，就是读书时塞上耳塞，好歹暂时解决了问题。

有一次在我移动笔记本后，发现那噪音突然小了不少，结合之前同学关于风扇碎片的诊断，我自己琢磨出“移动碎片可以减轻电脑噪音”的结论。我对自己天才的思考十分得意，每当机器的噪音渐强，我就拿起来笔记本来摇一摇，噪音果然就轻下去。

如此这般坚持了半年之久，终于由于长时间电脑散热不当而引发了更严重的问题。笔记本开始频繁过热，开机没一会儿就热得连手都放不上去，底部更是烫得可以煎鸡蛋。当时我正处在期末赶论文的关键时期，没办法工作半小时又关机冷却半小时，无奈我只得拿一块湿抹布垫在笔记本下“物理散热”，即使如此湿抹布还是热得很快，不得不一次次去厕所过水冷却。为了保持学习进度，后来我决定在半夜赶工，大冬天的把写字桌推到窗户下，穿好保暖衣服，打开窗让屋外的冷空气吹进来冷却电脑。此时整个笔记本已经病入膏肓，键盘偶尔会冒烟不说，还时不时漏电，常常火星四射电得我精神抖擞，结果我只能带着医用手套打字。到了这个阶段，为了使用电脑而耗费的人工已经到了匪夷所思的地步。最后电脑终于支持不下去了，何时想关机就关机，无论你是在玩魔兽时刚造出英雄，还是写完一万字的文章正准备存盘，它说关就关，“Biu——”的一声，整个世界好清净。

不记得我是如何艰难地完成了论文，回国前的一天我发现笔记本已经死得硬邦邦，连点都点不亮了。后来我把尸体带回国去修理，修电脑的小哥表示在主板已经烧煳了的情况下，我还坚持使用了快一年，真的可以算奇迹。没过多久父母又给我买了个新的笔记本，这次我特别小心地对待它，笔记本也忠心耿耿地陪伴了我 5 年多。再后来买电脑似乎就不再是那么让人紧张并要兴师动众的大事了。如今已经很少能看到在飞机上拿出笔记本电脑工作的人了，无论长途短途，闪烁在座位间的不是手机就是平版电脑。

高科技电器的功能越来越强大，可价钱却越来越便宜，我发现身边无论是手机还是 MP3，都再少有“物尽其用”，直到坏了才去买新的情况了。盒子里堆满了过时，内存太小，或者找不到驱动的电子设备，完全无用却又舍不得扔。用东西是绝对用足本，貌似曾是我一贯的作风。好比穿鞋，我也一定要穿到这双鞋完全不成鞋型，鞋带也断了，鞋底也透了，气垫也爆了，才会扔掉。小时候有一次我妈拿着我坏了的球鞋去修，修理大叔看了一眼那鞋的惨状感慨道：“哇，你儿子平时是不是很喜欢踢足球啊！”我妈说：“我女儿是学画画的。”于是大叔陷入了无限的沉思。

不要和海关比彪悍

我家的餐桌上常年放着一本字典，是我高中老师推荐给全班同学使用的《牛津高阶英汉双解字典》。第一次出国随身 40 公斤的行李中，这本字典就占了快有 1 公斤。在我求学海外的那几年，这本字典一直陪伴着我发挥着重要的功能。英国学校宿舍的门都是防火门，重得要死，夏天想给房间通通风就会拿这本字典做门挡；做动画短片三脚架怎么都架不稳的时候，拿出这本字典，通过翻到不同的页数可以成为任何高度的垫石；画完水彩画压上字典过一天纸就平了；第一次一个人留守外租房看家，把字典放在床头防身。如今这本字典以其过硬的质量继续留在家里为我服务，成为热锅热碗端上餐桌后的防热垫。

不晓得如果当初知道这本字典最终都未曾在我的英语学习上起到帮助，那我还会不会如此费力地把它搬来英国。记得行李中我还带了一把菜刀，一个电饭锅，几百支水笔，30 盒自动笔芯，一大叠纸，十几个三寸盘，一年都用不完的卫生巾……各种匪夷所思的东西。英国室友后来看到我行李箱中的库存，十分不解地问，你到底以为自己是要去英国还是去荒漠?

如今我还是常能在各种留学网站上看到准备出国的小朋友问大家行李要带哪些比较好，每到这个时候我都特别想叫他们别忘记带上那本《牛津高阶英汉双解字典》，除了这么多日常功能外，也许还能真正地帮助到他们的学习。

还好虽然这些东西匪夷所思了点，但至少在过海关时都非常顺利。加上我不是一个吃货，所以从来没有因为带违禁品而惹出过麻烦。可周围的同学有时候就没那么幸运了，零食还好说，糖果也能解释得过去，但遇到干货或者中药就会非常麻烦。见过因为带了一大堆真空包装零食被拦下的，那位妹子费劲心力地解释自己带的是“卤鸭舌”“鸭

胗肝”“辣子鸡爪”，见旁边工作人员的眉头越皱越紧，妹子急得赶忙补充说：“真的很好吃的！”还有听说曾有人因为把琵琶火腿装在吉他盒子里托运而被请去小房间问话，心想当留学生也真不容易。网购发展起来后大家也无需这么费尽心力地从国内搬吃的来，可即使如此，我后来仍被我一个朋友在海关的悲惨遭遇所震惊。

我这位建筑师朋友，回国时买了好多据说在英国卖得特别贵的特殊建筑材料样品，一块块切割成跟行李箱差不多大，装了满满一箱回英国。结果他在法国转机时，不知道箱子是不巧掉下了传送带还是由于地勤人员的操作失误，最后没能装上飞机。

但是我朋友生性淡定，向来处事不惊，表示这种情况以前也发生过，最终都由航空公司联系他送了回来。于是等飞机到了伦敦他也不着急，慢悠悠地回家等着法航方面电话联系他。

可那是伦敦国王十字车站发生恐怖爆炸后的一周，全欧洲的安全警备都被提到了最高，各大国际机场的气氛尤为严肃，任何风吹草动都搞得人一惊一乍。结果法国那边因为这只行李箱在 8 小时内无人认领，引起了工作人员的巨大怀疑，没有人敢去碰。最后法国机场出动了防爆小队给这个箱子做 X 光，结果却因为那天杀的特殊建材完全看不透里面的情景，终于它被认定为是危险品。

两天后我朋友终于按捺不住性子打去法航查询，结果电话那头的小姐很温柔地告诉他："对不起这位先生，您的行李好像已经在法国机场被防暴警察原地引爆了……"

被原地引爆了……

原地引爆了……

引爆了……

爆了……

很多年后，每当聊起跟托运行李有关的一切注意事项，这位当年有着惨痛教训的建筑师朋友都一把鼻涕一把泪地告劝后辈："千万不要跟海关比彪悍！"

注：三寸盘。上古时期人类用来储存信息的媒介。一张三寸盘内存为 1.44MB，在电脑上装一个游戏需要 12 张三寸盘的情况在当时是很常见的。

小团圆

上班时我常用电脑收听上海的 101.7 广播。此刻耳机里主播野营正在问着大家，诸葛亮到底发明了馒头还是包子。新闻里那些还没去过的地方又变成了新的地方，广告中楼盘的价格一年比一年水涨船高。我望着屋外英国常年阴霾的天空，想起早晨还特地在包里放了一件外套御寒，而广播说明天上海温度又要突破 40 度。

每次回国见到老朋友们时总发觉，很多憋了很久的心里话好像在 MSN 上面说的时候更顺畅，也就是所谓的梗准备起来要临时一点，场子要暖一暖才能放开来闹。父母比我想象中活得要自在，老爸已经完全升级成了电脑达人，老妈退休了又跑出去上班，白天跑东跑西风风火火，晚上自制豆浆面包。如今只是希望他们能常保健康，多出去走动一下锻炼锻炼，可又担心他们毕竟年龄大了，万一有个闪失伤了身体。

有时晚上没事就花两块钱，坐上家门口一部环状路线的公交车兜风。夜晚的车厢内乘客寥寥，除了我以外只有一对穿着校服的学生情侣坐在最后一排，我听得见他们说，好伐啦……侬又晓得来……各么伊拉伐晓得的呀……（好不好……就你知道得多……那么他们知道不知道啊……）断断续续伴随着笑声。司机仍旧和记忆中一样凶悍，一边跟擦头司机飙车，一边跟超车的路人对骂。公车从曾经坐校车的地方出发，开过以前我老去买磁带的音像店，开过静安寺，我讶异那本来古朴的静安寺如今开发得如此金碧辉煌，老远看到还以为自己到了泰国。庙门口高耸的那根蹲了四只金狮子的大柱子，原来是小时候放学最爱逛的庙弄，现在已经成为豪华商场。路上徘徊着硬要给路人算命的大妈大叔，紧跟在背后念叨着："免费算命，不准不要钱，小妹妹你别着急走啊，我觉得你命里有豪门之相，但要当心小人……"

上海的变化好快，每次回国都感觉又更加不认识路了，出门只能打车。出租车起步价涨了很多，我也不知道，上车后看到计价器直接跳到14块还以为碰到了黑车。司机问我怎么走，我说出来的路很多都竟然已经早就不复存在，如果是晚上，司机看我的眼神就会变得像看到鬼一样。

偶尔憋出一个地名，还老是说错。

“师傅你好，徐家汇罗汉城。”

“罗汉城是啥地方？新开的？”

“就是那个圆球的，在电脑广场旁边的那个啊！”

“你说的美罗城吧？”

……

过了一会儿，我发现出租车后座那个广告电视屏幕太烦了，关也关不掉。总之吵得我头疼，于是叫司机到方便的地方停一停，让我换到前面去坐，并习惯性地拉上保险带。因为家里人都说普通话，我也从小就习惯说普通话，一路也跟司机说普通话，到此刻他终于很确定地说道：“小姑娘刚来上海吧？有什么需要了解的旅游信息可以问我哦。”

“师傅，我是本地人啊……”

“骗谁啊，本地人哪有拉保险带的。”

……

说到这儿，想起朋友跟我讲的一个故事。她也是习惯说普通话的人。

有天打车回家，开着开着司机突然叫醒正在打瞌睡的朋友。

“小姑娘！看窗外看窗外！”司机高兴地喊她。

我朋友睡眼惺忪地莫名地看看窗外，夜晚的上海灯火辉煌，她发现自己正行驶在延安路高架上。“师傅我们不用走高架……”她刚想说。然后在这一片璀璨梦幻、流光溢彩的摩天大楼之间，出租车司机突然充满深情地伸出一只手，像是喃喃自语般轻轻地说道：“看哪，这，就是上海！”

我朋友顿时觉得天旋地转。

每次回家看望家人朋友，其实想做的事也没有几件，只是想再听听这些话语或者看看那些熟悉的风景，你说吃饭多方便，淘宝买衣服多划算，都是往后排了再排的理由。读完张爱玲的《小团圆》，最喜欢的还是这个书名。因为生活里能有多少次大团圆呢？虽然每次回国，都发现记忆中的上海又变得更陌生了一点，但在这个宇宙中飞速旋转的蓝色星球上，于亿万人中间，我还能偶尔有机会和朋友家人分享这些小小的团圆时刻，想来已是十分的难能可贵。

02　白日梦的起点

幼儿园时规定中午必须睡午觉

可我从来都睡不着

曾经因为不好好躺着

而被幼儿园老师惩罚睡到外面教室的桌子上去

终于等到我迷迷糊糊睡着了

午睡时间却结束了

被叫醒后睁开眼看到四周围满了看热闹的小朋友们

老师正在准备大家下午吃的点心

我躺在一堆蛋糕牛奶当中

好像一个供品

我的童年漫长且孤独

学生时代浪漫而狂妄

曾经每时每刻都渴望向世界证明自己的成熟

但又在每年过生日的时候

不敢相信自己已经是这么大的人了

好像昨天我才和年轻的亚瑟王一样
刚刚拔出插在石头中的宝剑
怎么今天我就成了站在亚瑟身旁的梅林
知晓做人的分寸，墨守世俗的规则

心情偶尔低落时，我曾会幻想
也许人生到现在都只是一场梦
等我醒来后会发现
原来自己趴在课堂上睡着了
老师还在讲台前喋喋不休地讲牛顿三大定律
阳光洒进教室，同学们奋笔疾书
我的未来还什么都没有发生
一切可以再从头开始

但当我每天拖着疲惫的身体回到家
看到另一半温暖的笑容
或接到老同学越洋的信件
读到她近来的生活点滴
或在朋友们的婚礼上感动地流下眼泪时
又会明白
如果什么都可以重来
那现在的一切就不会如此珍贵了

一个人的好时光

最近看了一个堺雅人的综艺节目，节目里他说自己小时候很喜欢一个人待着，比如爱钻到书桌底下的那个空间里，然后把书一排排放在面前，假装自己是旧书店老板。对此我非常感同身受，看他说着说着就开心起来的模样，让我不由想起了自己小时候一个人玩耍的时光。

十几年前的夏天还没有现在这么热，35 度的天气，学校下午不上课了，当学期末最后一声下课铃响起，大家把椅子哐啷啷地翻上课桌，扔掉书桌肚里的垃圾，背着一书包沉甸甸的暑假作业在校门口排队等待放学。大家兴奋地讨论着假期里的好去处，就连老师也难得一见地懒得呵斥吵吵闹闹的我们。那是我人生最快乐的时光，期末考试的阴霾已去，长长的暑假即将开始，放眼世界仿佛能看到那微蓝的地平线，感觉自己站在世界的中心，世界的中心就是我。

回家的当天晚上，我总要像阅兵一样把暑假作业一本本拿出来在桌上摆成一排，削好铅笔并在雪白的纸上认真写下“暑假计划”四个大字，一本正经地贴在床头或者书桌前，然而这张纸会在接下来的整个假期如同摆设一样，上面的计划无人问津。如今回想起来，十几年的学生生涯里，我压根就没有执行过哪怕一次自己写的计划，但每个假期开始我都还是要坚持不懈地再次重复这没有意义的举动，好像某种神圣的宗教仪式一样。更搞笑的是，每当看着计划上那幻想中无与伦比充实的一天，就感觉好像自己真的已经非常有意义地度过了一个假期似的。这种“制订好计划就好像已经努力过了”的幻觉在我的学生生涯里一直延续着，记得高三末期当我填完大学报考志愿表后，面对高考紧张的心情突然轻松了下来，看着第一志愿里的学校名字，好像自己已经考进了一样莫名其妙地得意扬扬。

暑假里唯一让我主动早起的动力就是晨间的动画片。那个时候还有一种叫《上海每周广播电视报》的东西，每天晚上等大人看完了我就会拿来仔细研读，并把第二天要放动画的时间全部用铅笔圈出来。直到每个台早上的动画片全部放完，我才会极不情愿地开始做一会儿作业，可还没坐定半小时就开始灵魂出窍，碰到难题懒得动脑子想答案，干脆又开始一个人玩起来。比如把家里的毛绒玩具都排排坐好，把作业摊在他们面前，模仿着学校里没有师德的老师那种嚣张的样子说道：“这么简单的题都不会做？这课我没法上了！你！（指小熊）站起来，说这道题怎么解！不会？笨死了！你！（指小猫）也不会？打电话叫你家长来！”表演得全情投入，绘声绘色，面前的小动物们仿佛全都一脸恐惧地盯着我，就好像学校里我们挨骂时一脸恐惧地盯着老师一样。

午后时分，趁着大人们都去午睡了，我穿着背心短裤跑到家中天井的花园里。在花园的一个角落里堆攒着我收集来的玻璃瓶、铲子、刷子、喷水壶、生锈的剪刀等等杂七杂八的东西。最重要的是这个角落里还有一个配了自来水龙头的白瓷水缸，我可以放满一池子凉水尽情地玩乐。当时我对水在各种形状的容器里所呈现出的状态异常着迷，可以几个小时重复着把各种透明瓶子灌满，然后再以各种速度及角度把水倒掉的行为。后来有天我捡到一个方形的透明塑料盒，我无法用语言准确说出把水装满这个方形的透明容器到底给我带来了什么喜悦，总之那种能把水以方形把玩于手里的幻觉让人如痴如醉。一滴滴地把水加进玻璃杯里，看那水面几乎凸出杯缘却仍旧没有溢出，或者那把水浇在透明玻璃板上，从上方观察水滴落时的形变，都仿佛如同魔法一般。如此反反复复，直到大人来呵斥道："家里水费你来付啊？！"我这才十分不甘心地收拾好玩具，暗暗寻思着等晚上洗澡时偷带几个瓶子进浴室继续玩。

就连晚上吃完饭，被监督着学习的时候，我也有办法一个人娱乐，那就是打点铅笔盒。用纸叠成一个可以装东西的小袋子，粘在铅笔盒打开的盖子里，或者改变铅笔盒上下两层的内容，琢磨这块橡皮到底要切多小才能正好塞进这两支笔的当中。铅笔盒夹层背面贴了自己画的魔法阵，刮掉印在铅笔盒底部的九九乘法表，写上喜欢的动画片歌词。乍一看我是坐在书桌前苦大仇深地写作业，其实满脑子都是怪力乱神。想来如今我仍旧特别喜欢研究收纳技巧，或者鼓捣收集家居装潢的图片，大概也跟当初的这个嗜好有关。虽然在大人们看来铅笔盒只有那么大，但那却是完全属于我自己的一片宇宙天地。

当时我从未想过做这些事的意义是什么，只是一门心思地做着玩着，那种全身投入而带来的纯粹感官兴奋如今已经很难再次体验到，有时很想回到这种纯粹的状态，可当我试图再重复那些儿时热衷的个人游戏时，却发觉索然无味。虽然我现在也算是比较擅长独处的那类人，可以一个人待很久自己寻开心，但每当开始无所事事地想随便玩点什么的时候，就难免会内疚自己是不是在浪费时间。而一旦要考虑时间安排，或者寻思一下其中的意义，做这件事的纯粹快乐就慢慢被粉碎了。我有点悲哀地觉得，这种不可逆的精神自由丧失已经成为了我们逻辑思维定势的必然结果。长大是这么可怕的事，没有任何预警地就发生了，而等我意识到时，一切都已经来不及了。

赤木冈宪曾说过：“什么都不懂的人是最幸福的。”
当时觉得他说得很有道理，现在想想这简直就是真理。

深夜广播

初中的时候为了学英语，家里给我买了一台 SONY 的随身听，后来看说明书得知这台机器还可以听广播，打那时起我就开始了半夜不睡觉偷偷听广播的岁月。

深夜的广播节目里总有那么一档子医疗咨询卖药的节目，仔细听简直其乐无穷。很遗憾万峰的节目我算是错过了，但我记得上海某调频台有过一档叫“花好月圆”的健康咨询节目。一过 11 点就满口前列腺、睾丸、痔疮、尿频尿急，对青春期的我而言可谓是相当劲爆。女主持人口音爽朗，嗓门洪亮，不知为何我总是想象她做节目时，顶着一头染得金黄上着塑料大卷的头发，眉头紧锁，嘴角叼着一支烟，身穿碎花图案的藕荷色睡衣和皮拖鞋，手里还捧着一小撮瓜子的样子。也许这是我印象里上海最市井的阿姨们的形象，在此刻与主持人洒脱豪迈的风格不知怎么就融合在了一起。

记得有一次节目介绍了一款治便秘的药，女主持说道："听众朋友们，××医生推荐的这款药好啊，真的是有效果啊！你推荐给你爷爷奶奶大叔大姨，啊，本来大便干燥的，一吃，啊，立马就拉出来了！你说是不是啊听众朋友们，还犹豫什么哪？如果你有什么要具体咨询的可以打这个专家咨询电话××××。吃得效果好，可要记得感谢我哟！"结果这个咨询号码她在节目里不小心报错了一位数，10分钟后某位愤怒的听众打进电话投诉说："大半夜的无数人打电话到我家，问我拉屎拉不出怎么办啊！你们这是寻开心啊！"于是主持人赶快连哄带骗赔礼道歉了半天，好歹算是安抚了这位翻毛腔的无辜听友，更正了正确的医疗咨询电话。尴尬之余她还不忘记补上一句："听众朋友们，虽然电话号码拨错了是我的错，但是我播电话的时候那个'2'没有念上海方言的那个'俩'，念的是'二'，你看，我的普通话还是很标准的啊！"

除了这类卖药节目，还有肉麻兮兮整夜整夜朗诵安妮宝贝小说的，嘻嘻哈哈讲笑话的，或者第三者、第四者打电话进电台哭诉人生结果却被主持人臭骂一顿的。12点以后，电台不是开始重播白天的节目录音就是开始循环流行歌曲，唯独上海都市广播台还有个叫"相伴到黎明"的节目继续从午夜12点播出到凌晨，每当片头音乐响起，我就仿佛迷迷糊糊地坠入一个夜晚与白昼交接的神秘时空，今天变成了昨天，而明天却已成为今天。有时听到实在没有节目了，我还不厌其烦地听卖钢管、批发饲料、倒卖复健仪器的各种广告。

青春期无数个夜晚我就这样塞着耳机，听着听着就睡着了。

等早上起来发现耳机线又紧紧地绕着脖子一圈又一圈，被老妈臭骂一顿说这样睡觉多危险。

怀抱着深厚的情感，我听广播的习惯也一直延续到现在。家中电器要是排辈分，收音机肯定是老大，电视机、电脑等乃小弟也。别人买手机先问相机镜头如何，我先问有没有内置收音机功能。平日里上班下班，烧菜做饭，都喜欢开着广播听音乐或者节目，一边自在走动，一边灵魂出窍思绪绵绵。

至福之店

所谓的至福之店，即是说哪怕店面寒酸，却能满足客人需要的店。哪怕装饰得蓬荜生辉，但若无法满足客人的需要的话，那也与空无一物的仓库没有区别。

——《それでも町は廻っている》（女仆咖啡厅）

我想每个人的学生时代都会有一两家只属于自己的至福之店，无意中在街角发现后决心占为己有，或者被朋友介绍着去从此一发不可收拾。前几天重温了一遍宫崎骏的《侧耳倾听》，片中的地球屋古董店让我想起了自己曾经的至福之店，记忆里总有温暖的微光从店堂面朝马路的一面照耀出来，曾经在那里消磨了多少宝贵却又无所事事的年少时光已不得而知。

这家名叫 NONO 彩虹坊的小礼品文具店开在离静安寺不远的乌鲁木齐北路上，这里原本是个热闹的菜市场，改造以后变成一条路窄车少的街。每逢寒暑假，小店对面中学原本整天的喧嚣散去，路边绿荫葱葱行人闲庭若步，这番景象在闹市区里显得尤为闲静安宁。当时街的一头开着几家漫画书店，中段的拐角处有一座礼拜堂，另一头有座咖啡馆，NONO 恰好就建在这三位一体的中心，闪烁着至福之店的光芒。我每次都固定先去漫画店买碟片租漫画，接着逛 NONO，最后坐进隔壁咖啡馆里，一边把刚买来的战利品一一过目，一边心想着宇宙如此广阔神秘，我的存在又意味着什么，这种没有答案的问题。

身为学生，手里的零花钱在买了盐酥鸡、珍珠奶茶后就通常没剩多少了。一支 12 块钱的进口三菱水笔感觉甚是昂贵，毕竟当时的茶叶蛋也不过 1 块钱。但攥着几十块零用钱，我愣是能在 NONO 里逛上好几个小时，东摸摸西看看，觉得每样东西都闪闪发光美轮美奂，哪怕买不起看在眼里也让人开心。所有 CD 上的英文名字都看不懂，所有乐队都没听说过，可仍旧一张张买了回家往 CD 机里塞。如今已经很少有机会全神贯注地从头到尾听完一张专辑了，当时我总是一边仔细听着每一首歌，一边认真阅读 CD 内附的小册子上的只言片语以及歌词，不快进也不跳歌，Disc A 听完郑重其事地换 Disc B。那时候音乐就是音乐，还没有跟其他东西混在一起，也不会跟其他东西混在一起。

记得高一的时候我在朋友的怂恿下在 NONO 买了我人生第一只耳环，小小的银色十字架，用夹子固定在还没有打耳洞的左边耳垂上。

其实这种耳夹的设计并不舒服，戴久了甚至会头疼，可我坚持不在学校和家中的每一刻都要佩戴。后来这种青少年时期特有的打扮越来越繁复，哪怕我骑自行车最高时速也不过 20 公里，却硬要戴一副完全意义不明的防风镜，并配上半截手套、十字架项链等东西，像个来路不明的捡破烂的嬉皮。

中二少年就是这样在 1999 年展示自己的大人样。

有了喜欢的人就去店里买恋爱成就的护身符，失恋后又回去店里买日记本诉说内心的痛苦，追新番时去买动漫卡片装皮夹子里，追明星时去买他们的写真集海报，开学了去买包书纸笔，放假了去买公仔玩具。那个年纪的我们，即使生活的全部不过是一个微小的世界，但这世界的气象也是风云变幻。今天突然流行起粗头钢笔，全班一窝蜂去买钢笔，明天又流行 0.01 极细笔头的水笔，又一窝蜂去买水笔。我在那里给朋友买生日礼物，朋友们也在那里给我买生日礼物。NONO 仿佛是通晓人生百味的 RPG 道具店，无论打怪升级还是恋爱养成，进来看看总有一款适合你。

通常为了避开放学时段的人潮，我总是偏爱在晚上光顾 NONO。骑着单车，唰的一声急刹加漂移半个弧线后，（自认为）帅气地停在店门口的葡萄藤下。夜色下小店里透出让人心感温暖的橘黄色灯光，橱窗里林林总总的小物件闪烁着迷人的光亮。店员辛苦了一天，百无聊赖地坐在柜台后咔嗒咔嗒地正给新商品贴标签，有时一阵风吹过，挂在店外门上的卡片风铃哗哗作响，夜曲一般。很多时候我干脆就呆呆地站在门口看着，看人们进进出出或者在店里走来走去，专心地对比挑选着手中的东西。我心想他们会不会知道窗外有人在这样看着他们，仿佛在看一幅动人的图画。而当我在店里成为顾客时，会不会也成为路人眼中的风景。我隐隐希望时间能固定在这样的时刻，就让我与给我安慰的人们和事物永远这般相视而望，我不苛求拥有他们，只求能静静地看着他们在时光里存在就好。那种单纯的满足与心情的平和随着成长日渐失落，年少的我曾经一无所有却那么富足。

人的记忆往往是靠不住的，好比记忆里外公外婆家的沙发特别大，可以站在上面做后滚翻；印象里小学的操场也特别广阔，那旗杆仿佛远远竖立在天边。当然人在年幼时会因为自身渺小而无意中把感受放大，所以长大后再故地重游时总是异常怀疑地问自己：这地方当初就这么小？这么普通？我还曾一度寻思过，照此逻辑也许正好解释了为什么如今觉得麦当劳的巨无霸小得跟奥利奥似的，但转念一想，麦当劳开张时我已经快读初中了，而悲惨的事实显示我初中时就已经长得跟现在一样高了。由此可以断定，巨无霸的尺寸真是比以前缩水了不少。

也许我的记忆过分美化了这家店的样貌，也许它只是城市里其他无数个角落普通的小文具礼品店中的一个。大学毕业后每次回国，若有机会，我还是一定会再去 NONO 巡礼，但越来越发现自己已经无法再用当时的初心面对这些琳琅满目的明星卡片、粉红色公仔以及五花八门的文具。当我不用再担心皮夹里的钱够不够买一支笔时，心中也同时失落了那种期待与满足。有时正赶上放学，店里挤满了穿着宽大校服的学生族，看着他们和我当年一样也在书包上挂着明星卡片毛绒玩具，一时错愕，世界真的也许不曾有过什么变化。我的单车如今常年停在家里的阳台上积灰，抽屉里放了一堆用到一半的圆珠笔，父母问我要不要把家里堆积如山的公仔带去英国几只，我却只顾回想在 NONO 店里见到的那群女中学生，如同山林间的小鹿般跳跃在货架之间的样子，有时她们会突然把头凑在一起专心地讨论着什么，眼中闪烁着那让人羞于直视却又无比怀念羡慕的光芒。

想起当时的自己也是这样如同发现新大陆一般，忐忑并兴奋地从这间小小的至福之店里慢慢窥探着外面的世界。

冬季回忆

虽然我是南方人，但从未喜欢过南方的冬天。上海的冬天没有暖气，二十多年前家家都还只能靠烧煤球炉过冬，最多晚上睡觉时往被窝里塞一个“汤婆子”暖被，早晨起床穿衣和晚上脱衣洗澡，都沦为意志的考验。小时候父母怕我冷着，穿衣服时不惜里三层外三层把我包得像粽子一样，睡觉前如果一口气把所有裤子全部脱下来，裤子竟然能靠厚度自己站着。有一年冬天奇冷，一场夜雨使得早晨的操场变成了冰场，室内室外的温度几乎一样，于是同学们整整一天都戴着帽子、围巾和手套。记得那天有场小考试，可大家的手都冻得不听使唤，结果竟然没有人在规定时间内做完考卷，最后老师只能决定凡是写超过一半卷子的都算及格。

如今到了可以用网络在几分之几秒内搜索“上海冬天为什么没暖气”的 2013 年末，上海依旧没有暖气。头一次跟北方小伙伴说起时他们都觉得不可思议。“那你们冬天靠什么？”小伙伴问。“靠毅力。”我如是说。同时撩起裤脚管展示证据——接近冰点，但没有穿秋裤。经过多年的自然考验，为了适应这个城市的冬天，上海人都被逼得人种变异了。

冬日申城的阴冷潮湿让寒气在屋里久居不散，尤其是下午四五点的时候，夕阳透过玻璃窗在墙头最后抹下薄薄一层毫无温度的金黄后，便收起怜悯，慢慢落到高楼的后面去了。手里捂了一天的热水袋也变得温吞，天要黑不黑，灯要开不开，家中的物件都笼罩在蓝紫色的黑影下，只剩一个轮廓。无名的抑郁逐渐将人笼罩起来，感觉时间也随着温度的降低越走越慢……但突然地，窗外万家灯火纷纷亮起，对面大楼的每个小方块里都有了走动的人影，厨房飘出的白烟驱走了即将闭合心智的那股阴冷，人造的光源暂时驱走了黑暗。父母从冰箱里拿出晚饭需要的食材并叫我去把空调打开，于是我站在空调机旁，一边感受着出风口的空气慢慢变暖，一边拿起遥控器转到新闻台，同时闻到厨房里飘出的饭菜香。

上海的冬天就是一个“熬”字，但熬过去便是春暖花开。

相比之下我也许更喜欢北方的冬天。记得小时候春节跟母亲回济南老家过年，北方的冬天虽然温度很低但是气候干燥，空气里的水分不见踪影，感觉天格外的蓝，蓝中带紫，而南方的天空更多时候夹杂着点绿色。北方较南方一切的不同都让我着迷，空气里的烧煤炉味，街上人们的口音，食物的味道和形状，以及穿着短袖短裤在被暖气烤得热热的大房子里奔走而不会觉得冷的体验，简直如同仙境。

早晨醒来，吃上一碗香喷喷的小米粥，还有热包子和昨天剩下的酱牛肉。舅舅把白煮蛋一掰为二，教我吃的时候滴一点酱油，而表姐坚持白馒头抹腐乳更好吃。吃饱喝足后大人都去忙着准备年货了，家中的一群小孩子就乘机出门在军区大院里闲逛，我们踩着过膝的积雪，爬屋顶翻花园偷偷摸进别人家的院子，摘树上还带着冰碴儿的果子，或者偷拿别人家门口雪人的胡萝卜鼻子。有一年，我和表姐发疯似的收集人们放“蹿天猴”留下的炮仗竿子，记得我们的目标是收集满 200 支，很快这些粉红色的竹竿就塞满了整个抽屉。然而我们却忘记了收集完之后要干什么，一个冬天过后大人们在整理房间时就把这堆破烂全部扔掉了。

最热闹的还是除夕之夜。还不到下午，厨房里已经热火朝天。小时候我总是很不可思议大人们做饭的本事，像变戏法似的就这样把一盘盘美味饭菜变出来——松仁玉米、拔丝土豆、韭菜水饺、腊八蒜。大人一桌，小孩一桌，电视调到中央一台，和春晚一起八点准时开饭。以前的春晚好像也比现在的好看很多，记得陈佩斯与朱时茂的小品《警察与小偷》演出时，全部人都被逗得人仰马翻。如今每每想起那样的气味和画面，都让我心醉。那个年纪的我无忧无虑，不用上班，不用操心房租或担心冬天长霉的马桶水箱背面，世界一片祥和。午夜过后，表姐还坐在桌前往她的歌词本里抄《新白娘子传奇》的歌词，我则躺在温暖的被窝里看小人书，睡意渐涨但又不忍睡去。听着屋外零星的鞭炮声，心中突然涌起说不出原因的淡淡惆怅，但在这层惆怅之下又翻涌着一股对未知明天的期待。

今年圣诞节是我在英国的第十个冬天。往年无论圣诞还是春节，我大多很简单地度过，因为觉得大张旗鼓地做一顿饭太劳神，但今年我决定尝试一下西方传统的圣诞大餐。在暴风天里买的那只五公斤的大火鸡，可以算是我有史以来料理过的最大的东西。圣诞节当天轻松填饱了我、老公以及他家人一共六个人两只狗的肚皮，而剩下的部分让我们继续吃了好几天。那段时间里，我做了照烧火鸡、炸火鸡、火鸡香菇汤面、火鸡焖饭、火鸡三明治等一切我能发挥的火鸡菜肴，可那剩下的火鸡肉好像会在半夜的冰箱里偷偷有丝分裂一样吃不尽做不完……好几天后，当我终于把最后一块火鸡消灭掉时，深觉累感不爱，大概到来年圣诞节之前都不想再吃火鸡了。

在清洗烤盘的时候，我突然想到了《麦兜的故事》，想起电影里麦兜和麦太一直把火鸡吃到了端午节，对长大后的麦兜而言，回不去的是和妈妈一起在海边看着雪花点点，并头一次从烤箱闻到火鸡之味的那个圣诞节。后来麦兜终于明白，幸福的最高潮往往在幸福来临之前，而幸福本身也可能如火鸡肉般平淡。

我不知道未来20年后，当再想起以往的冬季，我是会想起今年冬天那飓风的气候，第一次尝试的圣诞大餐，最后吃得我要吐的火鸡肉；是会想起上海冬日在傍晚当灯亮起那一瞬间的欣慰，欣慰艰难的日子总会结束，即使黑夜降临我们也有人造的光明与温暖；还是会想起小时候在北方的除夕佳节，厨房里那大蒜的辛辣和屋外炮仗混杂的气味，给人生活平实朴素美满的寄慰，让人能在夜里安心地睡下并满心期待明天的来临。

不管怎么样，愿总会有美好时光等待着我去回忆。

千禧年事件

之前有一阵子看了些关于人类记忆确定性研究的纪录片或书，发现普通人的记忆是非常不靠谱的，很多笃定不已的往事画面，其实都是由后来经历的事情与一些其他记忆碎片拼凑的结果，甚至有些妄想症患者会把完全虚幻的想象在脑中借由个人情感的力量不断强化，直至栩栩如生，连细节都一一到位，结果最后活生生地“转化”为了所谓的记忆。于是常发生自己一本正经地说着完全没有发生过的事情，并埋怨所谓的“当事人”怎么能一点都不记得的情形。

由于我从小习惯写日记，也自信记得住的东西比较多，当时环境下的细节颜色味道都不容易忘记，在同学会时常常能把大家早都忘记的事情一串串拉出来绘声绘色地演绎一遍，如同牛的反刍。所以当突然发现自己非常确信的记忆竟然发生了严重偏差时，那种震撼简直难以言语。

这么多年来，我一直清晰地记得我高中入学后的第一个新年，是20世纪的最后一年。当时千禧虫问题引起的全球恐慌尚未找到解决方法，诺查丹玛斯那充满隐喻和用词模棱两可的末日预言满天飞舞，导致当时“千禧年”这个词在我的心中具有某种魔幻的意味。我热切期盼着世纪之交的到来，渴求亲眼见证世界格局的转变。更重要的是，那是我头一次终于说服了父母让我和同学们去外滩通宵跨年，能在12点以后回家也算是当时我人生的一个里程碑，为此家里人还特地赏了我一部手机以便联系。当年手机那种东西的存在就等同于你宣称自己有一架私人的卫星一样，我记得那是一台深蓝色的爱立信翻盖手机，刚刚脱离砖头大哥大的时代，那款手机已经显得无比小巧精致。手机的屏幕跟现在的计算器一般大小，只能显示一行来电号码，传说中的短信功能还未普及，后来在网上查阅手机发展史时才意识到，那是世界上第一台具有蓝牙功能的手机，听来仿佛天方夜谭。这就好像带了最高科技的装备时光旅行回到几百年前，本以为会惊得古人们张目结舌的电视机、电脑等，却被发现因为没有电源根本无法启动而只能成为一堆古怪的废铁。

说到这里，不由想起仍然耸立在沙漠中的法老金字塔群，一直不太愿意相信古埃及人费尽心力只为建造一座巨大的石头陵墓，总隐隐觉得是我们的文明还未发展到能明白如何启动金字塔的程度，不远处已经被岁月侵蚀而变得面目模糊的狮身人面像，也仿佛还在静静地等待着什么，等待着地平线上的天狼星一个轮回，亿万年后再次升起到约定的位置，什么东西的门将会被再次开启，而那时人类文明的喧哗却可能早已如潮汐般升起又退去了。苍茫大地悄无声息，只有头顶的星空还闪烁着不变的光芒。

就这样，那天晚上我怀揣着世界科技的结晶与对末世的兴奋与彷徨，和朋友们前去黄浦江边的陆家嘴等看跨年的烟火。同行一共五个小伙伴加我共六个人，其实是懵懂恋爱中的三对小恋人，有的还未捅破告白那层纸，有的已经在黑暗中手拉手并相信这就是一生一世。天气寒冷，却没有人戴手套，女孩子们都等着男生说“冷不冷，帮你捂捂手吧”，可笨拙羞涩的男孩子们都只顾走在前头，互相打闹说着电脑游戏里的秘籍来掩饰内心的紧张不安。

那个年纪谈恋爱好像都想不起是怎么开始也不明白为什么会结束。我记得自己后来常站在马路上推着自行车跟男孩子大吵一架，前一分钟还嘻嘻哈哈的，后一秒就突然生起气来。

“你到底要我怎么样？”男生最后总是叹着气无力地问道。

“你就是什么都不懂！”女生大喊一声，泪眼夺眶而出转身就走。

记忆中的台词总是这样，各说各的，莫名其妙，什么问题都没解决，或者说根本也就没有什么问题需要解决。仿佛就是为了要生气而生气，为了要高兴而高兴，充满生命力的同时也毫无理性。现在心想这跟公司、家庭等方面所有矛盾的根源如出一辙，就是有话不好好说清楚，想着这个说那个，盲目地以为别人听得懂自己的潜台词。人是多么复杂的生物啊，更何况人的心，所以这也造成了世间无数个羁绊。以致多年以后当两人再次相遇，说起小时候好笑的事情时，谁也都想不起来当时为啥要吵架闹分手。在餐厅里正这么聊着，就听见隔壁桌的学生情侣们在闹脾气，男孩子关切地问道："又怎么啦？你说呀？"女生嘴一噘："说了你也不懂的。"每到这种时候，我又会觉得这个世界真的完全没有进步过。

当年过黄浦江还有渡轮，突突突地慢慢驶过漆黑的江面，水波把外滩的倒影划得支离破碎，客舱里灯光昏暗，看不清其他乘客的面容。记忆中这段航行非常安静几乎没有人讲话，大家不是闭目小歇就是看着江面发呆。渡江轮的船票好像只要几块钱，头顶只有一片遮雨遮阳的棚子，江面上夜晚的寒风毫无遮挡地吹着所有人。我借势依偎在男生的胸口，说是依偎，其实就是靠得很近，谁也不敢出手搂住对方，大家就这样手插口袋沉默不语。上岸后我的脚已经冻得几乎麻痹，我们一边在滨江公园里走着挑选一个能看到倒数计时的沿江平台，一边拼命搓着手取暖，但心里却抑制不住地涌动着温热的火苗。终于世纪交接的那一刻来临了，海关大楼的钟声敲响，烟火在夜空中升起。我从余光里似乎看到了有人在偷偷接吻，有人终于把女生搂进怀里。那天夜晚我们游走了很多地方，一直疯到凌晨两点才回到家，可后来能想起的就只是那短短的几秒光景。听说世界上有人曾因为脑部受到创伤导致忘记功能受损，于是他可以记住经历过的每一秒人生，我无法想象当他“忆往昔”的时候脑海中是怎样的翻腾，而我们大多数人最后能体验到的只能是人生的走马灯。如果走马灯转回那个夜晚，就会出现这样几个画面：江边湿漉漉的堤岸；海关钟的橙黄色钟盘像是夜空中第二轮月亮，而更远的夜空里真正的新月模糊而清冷；男生的脸在身后烟花的照射下只有一个模糊的轮廓，表情隐没在了影子里；照射在大楼楼面上的倒数计时，1999 变成 2000。

结果就是这样一件我以为如同底片曝光般记得无比真切的事情，有天在朋友家看旧信时，突然发现这竟然不是千禧年的故事。在我当年寄给她的信里，我白纸黑字地写道：“在这 1999 年的末尾，我祝明年你和我都能一起考上理想的高中。”所以事实摆明了那原来是 2000 年到 2001 年的跨年。当确凿无疑的证据摆在面前时，我脑子里像开打世界大战一样混乱，刻画魔幻千禧年记忆的也是我，真诚地与朋友通信的也是我，到底要相信哪一个自己？那脑海中深深记住的打在江边大楼墙面上的 1999 这几个字又要怎么解释？日记本里写下的“今天是千禧年的第一天，我跟喜欢的男生去江边跨年了”，如此确凿的言语难道都是自己的想象？我的过去还有多少谎言暗藏于记忆里，有多少美好回忆的现实不过白开水般平淡？一种对自我最根本的怀疑从体内深处猛地升腾起来，周围的世界也随之变得晃晃悠悠轮廓模糊。

我一直暗暗追求平凡的生活里，突然出现谜一样的案件让我解决，好让我可以说出“我已经明白了作案手法”或者“把有关的人集合一下”这样的厉害台词。这下梦想倒是实现了，只不过我必须站在镜子前指着自己大喊："犯人就是你！"这画面真是叫人泪流满面。当真相真的只有一个的时候，我必须在幻想与现实之间做出选择，自欺欺人这句话如今想来竟然透出了令人怜悯的意味。如果是关于柯南的动画片，又有一扇门可以关上，片尾曲及制作人员表将再一次升起。如果时间之门的守卫者（我自己设定的）狮身人面像能够和我交流，我想它也许会说："在历史的亿万长河里，人类一年的时光只不过是宇宙纪年的一刹那，即使发生了错乱也没有关系，就让这无伤痛痒的记忆错乱成为只属于你的现实吧。"

就这样不负责任地，千禧年事件到此也算顺利落下了帷幕……

看似改变了历史的同时，好像也没有什么东西被改变了。

书桌一头的地球仪依旧按照 66.5 度的地轴倾角咕噜噜地转着。

在数学苦难的路上，有我你不要感到孤单

记得小时候看米老鼠俱乐部卡通片的时候，印象很深地记得有一集叫做《唐老鸭漫游数学奇境》。此等神作，在当今教育类的动画片里几乎绝迹了。后来电视重播时我又特地让家人把这集动画片录了下来，并从此往后反反复复地看了不知道多少遍。什么平方根、派、圆周率等概念很早地就植根在了我脑中，每次想到数学都觉得那是一个无比迷人的世界，有点迫不及待地想投身进去。

然而现实是残酷的，我成为了一个数学从小学糟糕到大的人，一遇到跟数字有关的事情就智商暴跌。算账找不对零头，面对贴着打折标签的商品半天搞不清价钱，甚至连看个表都能看错，常常提前一个小时去火车站等人。

其实悲剧在我上学前就开始了。学龄前家人为了能让我在所谓的起跑

线上领先，每天要求我做好几百道 100 以内加减法速算，做不完不准出去玩。面对满满一大张写满数字的纸，和在一旁卡着表算时间的父母那期待的眼神，我胃液翻滚，头脑沉重，一肚子不舒服。而这种训练获得的唯一那么一丁点在数学上的优势，在学校开始教乘除法后就荡然无存。我觉得非常沮丧，不明白自己牺牲了那么多玩乐，花了那么多时间练就的一身加减法速算神功到底有什么意义。

苦难的路上自然祸不单行。上小学时不巧遇到一位师德为负数的数学老师，40 分钟的数学课前 35 分钟集体练坐，剩下那 5 分钟数落我们这么简单的题目不会做简直没救了。自然越被数落我就越紧张，越紧张我就错得越多，错越多就越容易挨骂，一上数学课我就感到乌云压顶压力重重，一节课漫长得看不到尽头。加上当时我不明白为什么家里人还要严格控制我打草稿的格式，本来就应该以速度至上的“草”稿，非要求我写得比作业本上的还规整，所有乘除法的那一横都要拿尺比着划，不能徒手随便一拉。结果这导致我的注意力根本没法用在解题本身，一个劲地担心草稿本潦草了回家要挨骂。更糟糕的是，花太多精力刻画草稿的我写考卷速度变得非常慢，记得有一次考试中看到别人都已经做到背面了，而我还堵在一开始的填空题里，我拿着尺子的手开始发抖，最后竟然在考场上失声哭了出来。那是一场所有人都考了 100 分的测试，唯独我没有拿到满分。

升上初中离开那个可怕的数学老师后，曾有那么一段时间我奇迹般地重拾了对数学的兴趣，我发现自己的几何特别好，常常在比别人少添辅助线的情况下就证明出了结果，我想这大概是因为做几何题可以画画的缘故。但当我想明白为什么“数字不能除以 0”这样的概念时，所有老师的回答不是“因为没有意义”就是“有时间讨论这个不如多做点练习”。我几天几夜地思考这个问题，数学上的没有意义，到底是什么意义，如果我硬要除以 0，宇宙会爆炸吗？还是整个数学系统会坍塌？慢慢地我对数学的兴趣被升学压力和补习班安排摧残殆尽，这个在我看来世界第一重要的问题却无人解答，终于在我考上高中的那刻起，我彻底放弃了对这门学科的热情。

而人生的凶兆马不停蹄地一大波一大波地袭来。高中的数学突然变得好难，我开始从几个要点不懂，到整堂整堂的课都听不懂，和同学们的差距也越拉越大。加上高中时班主任是数学老师，对她而言，如果数学学不好，其他一切做得好都没有意义，我对此非常排斥，于是更加不好好上数学课。如此恶性循环，班主任也越来越不给我好脸色看。高二开始后我决定破罐子破摔，全身心投入到学校其他社团俱乐部和谈恋爱的运动中去。数学课的完全放弃导致我高中后半阶段没有一次数学考试是及格的，常年光临数学补考教室，竟然还和补考老师混成知心好友，最后甚至连补考都懒得去参加，理由是反正也不会过，还是不要浪费纸。

高三最后一次模拟月考，120 分的卷子我只拿了 47 分。校长找到我谈话，我说我报名了艺术院校数学分数要求很低，所以没有关系。记得数学高考那天，烈日炎炎，SARS的阴霾还没有过去，进入考场前都要测试体温，医务站的护士拿着手枪一样的温度计，在每个考生的脑门上指一下，考场搞得跟刑场一般。看着如天书一样的考卷，我决定放手一搏。数列题的答案通常不是0就是1要么就是无限，随便写一个也有33.3%答对的几率。做到三角函数题时，一律万能公式伺候。有一道题，我按照数据在整个桌面上画了一个巨大的三角，手动量出尽可能精确的答案小数，再用计算器算成分数，填上碰碰运气。本来压根没打算做后面的大题，时间异常充裕的我干脆把选择题下所有的选项都代回题目去算，毕竟总有一个应该是对的。终于到了简答题，自信满满地把那个“解”字写得仙风道骨，然后分行把题目照抄一边，最后编个答案，看上去好像也有了步骤，而且听说写步骤有分。记得后来的大题下方我写上了所有能背出的公式，包括物理公式，希望能博个“创意加分”。如此答完题目后，竟然还剩下半个小时。后来我早早地离开考场，刚出门就被家长呼啦一下围住，“难不难？感觉怎么样？”那一刻我只觉得学生生涯的一切结果都取决于一场看不懂的考试是如此荒谬的事情，便大手一挥说道：“太简单了！”家长们顿时纷纷向我投来崇敬的目光，在他们的目送中我潇洒离去。

可最讽刺的是，那年的数学特别难，很多同学都没有考好或者发挥失常，一向没有什么发挥的我不但没有受到影响，反而“超水平发挥”，也许是那些山寨答题法都起了作用。在全区平均分不到90分的情况下，一查分数我竟然考了76。老师大为震惊，以为我三年来根本就在隐藏实力，可我只是觉得哭笑不得。这么多年来我一次次面对一张天书般的数学考卷，一次次接受自己是失败者的现实，可今天我莫名其妙地“成功”又证明了什么？我回想起小时候看动画片时那颗曾对数学挚爱的心，觉得那已经是好久好久以前的事了。

时至今日，每次看到电视上介绍自然科学、天文物理或数学的节目，我都一定会坐下来津津有味地看，不管看明白了多少，但那份对世界的好奇是发自内心的。可这些最重要的东西却统统在学习中被过滤筛检，只留下那些干瘪的纤维让我们咀嚼，尝不出味道就归结到“脑子笨”，现在想来真觉得可怕可悲。我想我只是单纯地讨厌这呆板无趣死气沉沉的学习方法，就好比我从来都不明白，为什么黑球白球不能把抽屉打开直接看个明白到底有几个球，为什么游泳池要一头放水一头加水这么浪费水，为什么不在火车停着的时候量他的长度非要等到它穿山洞才跳起来研究，为什么明明有万年历我们还要手算几百年后的7月12号是星期几，为什么兔子和鸡要放在一个笼子里……十万个为什么没有人给我答案。

最近我又在网上看了一遍那让人怀念的《唐老鸭漫游数学奇境》。自然、宇宙、数学本都是一体，身为宇宙的一部分，我想我也是数学的一部分才对。片子里有这样一句话让我久久难以忘记：“先画一个五角星，再往里面画一个五角星，再画一个，再画一个……没有一只尖锐的铅笔可以满足你的需求，也没有一张足够大的纸可以包住你的想象力。”

把这么美丽迷人的东西硬生生变形并从我们身边夺走的，到底是谁呢？

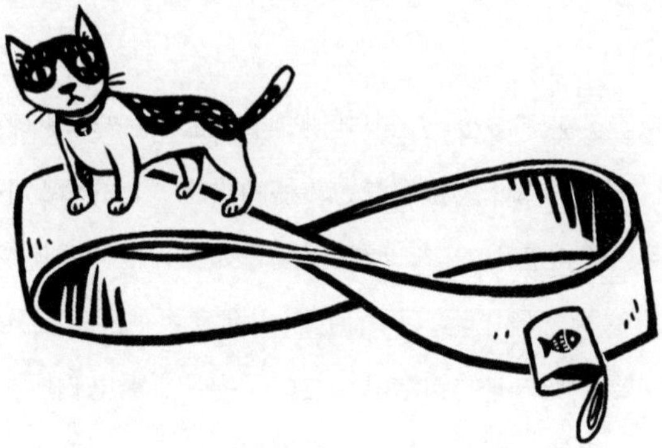

厕所阅读症候群

我有个不太好的习惯，就是上厕所必须看书，其实只要是有字有画的东西也都可以。

但是我到底看进去了多少，又很难讲，追求的大概是一种眼睛扫过文字的状态，一种可以让大脑注意力转移的措施。有的情况下找不到什么读物，无奈只得空手如厕，便觉得度日如年，精神极其荒凉。在家里为了防止这种悲剧出现，马桶上往往堆满了书。最近几年上厕所前，从到底要拿哪本书的纠结已经变成了要带平板电脑玩游戏还是带Kindle 看书，俨然一部人类科技的发展史。

我想这种行为应该多少有遗传的可能。

记得小时候和爸爸妈妈叔叔阿姨爷爷奶奶一起住在大房子里时，所有去厕所的人都会手拿报纸。但在那些我还不认字的年代里，我都在厕所里做些什么呢?

我家当年石库门房子的老厕所里，马桶就挨着洗衣机。由于老式的抽水马桶很高，幼小的我两脚晃荡着还踩不到地，在没有发力支撑点的情况下，我常常就扒住那台洗衣机的边缘哼哼。我很清楚地记得那是一台嫩绿色的申花牌洗衣机，靠着马桶的那一边侧面有个凹槽，估计是需要搬动时当把手用的。我人一坐上马桶，眼睛就会直勾勾地盯着那个凹槽看得出神，想象着那是悬崖峭壁上的一个洞穴，里面住着一位高人，有时他会在洞穴里走来走去练功打拳，有时候他也会摔下悬崖再爬上来，总之发生着各种故事。

也还记得当时厕所的地板是带有碎石掺杂的枣红色大理石，有点像测色盲的那种图片。一般来说是看不出什么特定图案的，但后来我发现如果用拖把或者鞋子在地上划来划去，由于视觉暂留的原理，在布条

掠过大理石的那一瞬间，仿佛能瞬间看到一些图案似的，于是我上厕所的又一个消遣活动就是拿起一旁的拖把在地上画抽象图案。

现在想起来，我孩童时期的想象力实在太惊人了，连上个厕所都这么creative。而现在想要娱乐自己必须借助外物，真是一种能力的退化。我也问过我周围的朋友：“不带书去厕所看，不会觉得无聊吗？”得到的回答大多是：“不会啊，就集中精力完成事情后赶快出来。”我也努力尝试过要速战速决，毕竟知道如厕时间过长对健康不利，但每每总觉得了无乐趣，一切都不对劲似的。

当然也碰到过没办法带书的情况，比如在公司突然有了感觉，拿书进厕所实在有点不成体统，只能硬着头皮空手而去。在这段难熬的时间里，我尝试过寻找一切在厕所隔间里可能带字的物体。在家里也许还可以读读洗头水瓶子后面的说明书（我家里所有瓶子后面的说明书我都看得倒背如流），无奈公司的厕所往往一样多余的物品也没有。然而人的潜能是无限的，无论在何种文化沙漠的处境下，人类都有办法找到精神寄托。于是我也研读过手表背面的防水说明，纸巾包装后面的生产日期，或者把身上穿的衣服脱下来看洗涤标签，拆开鞋带玩翻花绳，研究手掌的纹路，甚至开始数身上的痣。

几年前起自从手机的功能从打电话发短信变成上网玩游戏后，我就很爱带手机进厕所，往口袋里一插，即使在公共场合也不会引起别人的注意。直到有一天在公司的厕所里，我正开开心心地一边如厕一边玩Candy Crush，以至于隔壁间来人了都没有注意，等意识到厕所里我不是一个人的时候已经来不及了，从我所在的隔间里欢快地传出了那声低沉的男低音“Delicious”。更糟糕的是隔壁那人对此完全没发任何回音，面对这死一般的寂静，我真是想往生的心都有了。

中二少年曾在夜晚飞翔

我高中平时住校，周五下午校车送回家后，晚上还要去上美术课。班里除了我这类业余学画的高中生，也有美校本校的学生来上。画室头顶的日光灯总是把一切都照得明晃晃的有点刺眼，一堆画架散乱地矗立在画室中间，两头分别摆放着石膏像或者静物，空气里弥漫着一股颜料和木头铅笔的味道。我常一边画画，一边默默听他们美术生瞎聊白天学校的八卦或者到山上写生的趣事，同时眼睛在石膏与白纸上来回逗留，小拇指的外缘渐渐蹭得满是铅黑。有时候画累了走出教室从楼道的窗口往下张望一会儿，夜晚的操场空无一人，万家灯火在远处的树影里摇摆，我觉得此刻很想去那些黑夜中闪着光亮的地方。于是有一天，我突然决定翘掉晚上的美术课，在家里乖乖地吃好晚饭后，就装模作样地背起画筒“出门上课”，开始骑着自行车到处晃悠。

一开始我常骑车去静安寺的那家麦当劳，买一份小薯条和可乐，端着盘子下到地下二层，走到拐弯再拐弯过去最最角落的那个位子，做两个小时的作业或者看杂志看报纸。通常在我周围坐下来的不是脸贴在一起的学生情侣，就是内心活动不明的大叔大妈，或者默默地面对面坐着一言不发的中年夫妇。每个人拐到这个僻静的角落看到我坐在那里时都会一怔，显然都以为这个角落应该是没人的，若决定坐下后仍会不断地用余光瞟我。我们高中没有校服，我当时又留着自己设计的很漫画的发型，不知道在路人眼里我是个怎样飘离轨道的小行星，想必不是什么好学生。麦当劳里放的音乐很洗脑，不断重复着广告特卖或者恶俗的流行音乐，可我却感到特别平静，做作业的效率奇高，好像那个时候的报纸杂志也特别有看头。

到后来我开始骑到比较远的地方，在路上站起来如同男生般骑得飞快，一边咔咔地把变速挡转得脆响，一边感受脚踏板从轻盈变得沉

重，然后在我奋力的蹬踩下再次变得轻盈，有一种飞起来的幻觉。街边高楼的霓虹灯在左右两旁被拉长成一条条发亮的线，夜晚的风温柔地抚过耳畔，当自行车飞快地在一盏盏街灯下驶过，我与车的倒影便在柏油马路上一明一暗，如旋转的灯笼般前赴后继地追赶。我觉得全世界都变得无比安静，而我则像个孤独的骑士般勇往直前无所畏惧。

白天熟悉的街道在晚上看来完全是另外一副模样，商务楼下的喷泉广场冷冷清清，那些高跟鞋与西装都不见了踪迹，精品店外巨大的海报上穿着高档成衣眼神迷离的西洋模特，淡淡地看着前方不远处卖盗版碟盘的小摊贩。穿过头顶晾满万国旗的弄堂，听到有人在练琴，磕磕巴巴地弹着莫扎特的钢琴曲。停下车来往上张望，二楼屋内只开了一盏台灯，墙上人影绰绰。一个女人提高嗓音说了一阵什么，随即传来小孩的哭声，但哭不多久就呜咽下去，琴声又再次响起。有时候会突然在街转角出现一个教堂，能看到从彩色的玻璃窗里透出来的光亮，虽然大门虚掩着但我也不敢闯进去，呆呆看一会儿就骑走。有时我路过小时候住过的那条街，因为当年要造高架道路，房子早已被拆除，没有被波及的老洋房外，绿色的藤蔓已爬满了整堵朝街的墙面，路旁的梧桐树高大挺拔，若是碰到台风过境，隔天马路上会洒满一地落叶，路灯下湿漉漉的落叶反着光亮，好像骑在一条金色的河川里。再往前就骑到了绿荫葱葱的华山路，放慢速度略带向往地扫过沿路那些进口家具店、咖啡馆和私人会馆。我记得路上有一家门口没有任何名字的俱乐部，白天永远是静静地关着门拉着窗帘，夜幕降临后沿街的窗口里就会传出轻柔的外国音乐，不知怎么让我回忆起小时候过圣诞节的心情。有时候我一直骑到人民广场，跑到广场下面的游艺厅打僵尸开赛车玩坦克，学着漫画《GTO 麻辣教师》里鬼冢英吉的绝招拿两把镭射枪同时开火，这样总能打到很高的分数，可一旦有人过来围观我就闪走。

再后来我发现南京路上有一家很大的佐丹奴专卖店。不知道为什么我对这家店产生了非常特殊的感觉，虽然佐丹奴不是什么大牌子，身为学生的我当时口袋里的零花钱也根本买不了什么东西，但这丝毫不影响我逛商店的兴致。当时这家店里总是放着好听的爵士乐或者布鲁斯，店里打扫得很干净，顾客也不多，店员也不像今天这样爱贴身跟着你走来走去。记得那一季服装主打的颜色正好是我特别喜欢的赭红、卡其以及藏蓝，这样的搭配让我觉得棒极了。我就这样漫无目的地在店堂里转悠，听听音乐，摸摸架上的衣服，最后买一双手套或者皮夹子之类负担得起的小东西。好像我是在这里寻找什么东西，但那又不是具体有形的玩意儿，就算我空手离去，心里也会充满奇异的满足感。

等到时间接近 9 点，我就再飞快地骑车往家里赶，熟门熟路地穿梭在机动车道和非机动车道之间，所向披靡，而在此刻，还在这座城市绚烂的夜色里行走的人们都好像有点心事。有时在路口等红灯，我偷偷瞥看身边那些坐在出租车里的乘客，他们大多正出神地看着窗外，路

边商店招牌的霓虹灯在他们的眼睛里闪烁，觉得所有人此刻都有着自己想要去的地方，有着想要见到的人，而我却是其中唯一一个没有寄托与目的的游侠，就这样自由自在地飞翔在夜晚里。等回到家，停好自行车，我会在门口认真整理一下行装和画筒，然后淡定地打开家门随意地与父母聊一下今天画了什么，保证举止自然，不让家里人识破我夜游的事实。

我记得我夜游了很久一段时间。

我不记得什么时候我开始了这样的夜游，也不记得什么时候我停止了。

但这段年少的记忆仿佛中毒了一样深深地留在了我脑海里，并反复在梦中以各种形式出现。那些夜晚的气味和光线还有自行车脚链的声音总能给我莫大的安慰，感觉那一刻我丢掉了具体的形状完全地融化在了这座城市里。无论少年是犯二犯傻犯神经，她都默默不语，但却以我可以感受到的方式保护着我。

03 曾在我身边

有一次朋友给我看手相

说你 30 岁前会遇到三个很特别的人

一个会伤害你很深

一个你会伤害他很深

一个会终于与你共度未来

说完后一脸严肃地看着我

眼神好像已经穿过我的头盖骨抵达了宇宙的边缘

回家的路上

我突然意识到男左女右

他好像一开始就看错手了

有的人会在晚上打电话给你

有些人你会想在晚上打电话给他

有些人你会拿起电话又放下

有些人你知道这个号码打过去也不会再有人回答

在生命里我们常会遇到各种各样的人
以为是一辈子了的那个人
某一天也会莫名消失
但搞不准哪天又会突然出现
就像电影放完前
每个角色都像薛定谔的猫

人生漫漫一辈子这么长
下任何结论都可谓太早
只要遇见过
就是难得的缘分
当电影结束字幕缓缓上升
我总会在黑暗的电影院里多坐一会儿
想想刚才电影里那些精彩的人和故事
默默在心里为他们喝彩

我是你龙卷风中心那片宁静的海

无意中在网上翻到周杰伦很早以前的 MV。《龙卷风》的钢琴前奏一响起，仿佛整个人的灵魂被活生生拔出体内，突兀地降落回 16 岁的少年面前。

记得周杰伦出第一张专辑的时候我刚念高一。不知道有发胶这种东西的我，每天还坚持用梳子蘸水刷头发来试图弄出动画片里那种不科学的造型，也毫不在乎自己微胖的身材和满脸的青春痘。那是爱戴大大的 Baby-G 电子表和总有莽撞勇气跟喜欢的人表白的年纪。

刚出道的周杰伦顶着一头卷发，戴着低低的棒球帽，却唱出一首首让人仿佛中邪了一样不断按倒带键的歌。现在感觉中邪的反而是周杰伦，除了玩中国风玩得走上不归路外还要搞各种怪力乱神的事情，拍个 MV 恨不得一手双截棍一手贝多芬，最后再整个大型魔术把方文山从钢琴里变出来才算到位。他出第一张专辑的时候我先买了磁带，

很清楚地记得那时磁带 9.8 元一盘，后来又出了 CD，于是我又去买了同一张专辑的 CD 版，CD12.5 元一张。

因为我高中住校，周五放学后大家都得坐校车从位于郊区的学校回市区。那是偷偷恋爱中的男女最期待的时刻，在没有老师监视的情况下跟喜欢的人并肩挤在破旧的校车座位上，腿上盖着书包，遮挡着以为没人看得见的私底下紧握的双手，一个多小时的车程里，哪怕都渗出汗来也舍不得放开。趁大多数同学都睡得东倒西歪，情侣们更是会偷偷乘这机会亲个嘴摸个脸什么的。当年女生寝室夜话，有人问接吻到底是一种什么感觉，不久以后不知道谁从广播里播放的言情小说里听来一种浪漫的讲法称，“接吻的感觉就好像是吃果冻”。这个说法后来在女生间广为流传，若有一对男女开始暧昧，女生的闺蜜都总爱逼问对方，吃果冻了没？

那天在高中回市区的校车上，本来总是和我坐在一起的那个我喜欢的男生，不知怎么突然冷冰冰地说要自己一个人坐，我连一句为什么也没来得及问，他就从我身边走过，一屁股坐在校车最后一排的位子上。此时此刻，校车上一片欢声笑语，大家都在跟身边的人聊天聊得热闹，甚至都没有人注意到我一人突兀地坐两个人的座位里。我好几次回过头去，都见他只顾低头看书看得聚精会神，一时间我不知道这世界到底突然发生了什么，昨天还跟我嬉笑聊天的人今天突然就冷若冰霜。校车终于启动，我默默把书包放在旁边试图填补这个在我看来巨大的空洞，心里的疼也排山倒海般袭来。

校车行驶在上海郊区飞扬沙尘的马路上，远处有诡异的烂尾楼耸立着，盖到一半的别墅布满空洞洞的窗门，底下无人看管的野草已经高过了门槛。看不见太阳，天空却亮得晃眼，校车里情侣们的脑袋越凑越近，我不得不闭上眼睛假装睡觉，同时试图挡住马上就要掉下来的眼泪。这时坐在隔壁排的班长看到我这副样子，也没有问为什么，只递过来一只耳机，问我要不要听周杰伦的 CD。我记得当年我跟班长碰巧用的是同一款 Sony 的 CD 播放机，圆圆厚厚的壳子，若碰到颠簸，CD 还会在里面发出嘶嘶声。我默默接过耳机那头戴上，班长按下 Play 键——

爱情来得太快就像龙卷风

离不开暴风圈来不及逃

我不能再想

我不能再想

我不 我不 我不能

爱情走得太快就像龙卷风

不能承受我已无处可躲

我不要再想

我不要再想

我不 我不 我不要再想你

最后，我的眼泪和周杰伦口齿不清的歌声一起涌出。我哭出了声音但又轻易地被车子的马达声盖了过去。班长一言不发地坐着，没有给我递纸巾也没有说什么安慰的话，只是等这歌放完了他就再放一遍，又放一遍，又放一遍。我不记得那天一路上我们听了多少遍《龙卷风》，也不记得班长啥时候拿回了他给我的耳机，我也不记得最后自己是怎么下车走回的家。到了家里我已经不再流眼泪，心里取而代之的是一股不可言语的平静。

写到这里我想起来的是——

就是那天我突然决定翘掉晚上的美术课，开始了骑车夜游的日子。因为好像心里有什么东西终于冲破栅栏跳了出来。它长着一只模糊的兽的样子，我仿佛可以看到它那双温柔的大眼睛和结实而矫健的四肢，它只是回头看了我一眼便撒开腿往前跑去。我丝毫不知道它要去往哪里，只觉得我必须跟上。

从此就不能停下，不断地跑，一直一直地奔向未知的前方。

蜘蛛的消失

昨晚洗澡时，看到天花板角落挂着一只长脚蜘蛛，就是身体小得像一粒米，八条腿却长得跟牙签一样的那种。一直觉得这种蜘蛛特别虚张声势，明明是哈比人却长了姚明的腿。这只蜘蛛让我想起高中班里的一个男同学，身高 193 厘米的他在我看来简直高耸入云。开学前军训的某一天，我蹲在走廊上系鞋带，这位仁兄竟然完全没看见我，一脚绊倒从我身上整个摔过去，于是就这么熟了。

姑且称他是 Z 同学。

Z 同学家当年在上海吴江路比较时尚的那一头开了家 Pizza 店，我记得那家店叫做嘉澳 Pizza，店堂小小的，只放得下够四五人坐的座位，灯光柔和安静舒适，常常放我没听过的外国歌，在我 16 岁的世界里悄无声息地插进温柔奇妙的一刀。去过吴江路的朋友可能知道那是石门二路口那头，楼梯走到最高层带有露天天台的那一块私地，从店里的落地窗可以俯瞰整条熙熙攘攘的吴江路。晚上的吴江路人潮涌动，在两边店铺明朗灯光照耀下的街道上，行人缓慢移动的身影让我觉得仿佛正俯瞰着一条光之河流，那河流清澈见底，于是可以看到河底彩色流沙石块的滚动。

只要 Z 同学在店里帮忙，我就能吃上免费的三明治和果汁。坐着无所事事地看他调果汁切柠檬，换灯泡开气窗什么的他也从来不用凳子抬手就来，身高的便捷效果让人震惊。这里后来一度成为我夜游归途的补给站，当时我没有告诉任何人我在夜游的事实，当然也包括 Z 同学。在班里我们并不太常说话，都有着各自的小圈子，但我要是去店里他总会热情地招呼我，有一次看到我背上的画筒就好奇地问我里面装着什么，于是我把素描练习展开一个个介绍。这是阿格里巴，这是小卫，这是海盗，这是牧童，然后他笑着说我完全不懂啊。

我的 17 岁生日也是在嘉澳 Pizza 过的，他母亲听说我们要来过生日，特地当天提早开了店。那天我请了很多同学一起庆生，店里坐不下那么多人，于是大冬天的在门口拼了桌子，我们吃吃喝喝打牌聊天，也没有人说冷。后来还有人拿出了掺了朗姆酒的可乐饮料，我没喝几口就觉得晕晕乎乎的，但坚持喝完了一杯。

这样的心情就跟当时我开始在这个城市探险一般，每天每周每月，慢慢接触到大人世界里的东西，那心情就像矫正牙齿时舔着硌牙的铁丝，忍受着浑身不适和看上去的愚蠢，但心里默默期待着拆下的那天。夹子耳环、透明唇蜜、淡色指甲油这类东西慢慢在我抽屉里堆积起来，顺便堆起来的还有莫名其妙买来不明觉厉的打口碟。头一次听 Charlie Parker 觉得脑子都要被他吹炸了，换成 Louis Armstrong 又嫌他喉咙里老像是憋了一口痰，可花光了零花钱买来的 CD 不能就这么扔下，于是一遍遍地听到 CD 机没电我沉沉睡去。后来我带了这些 CD 和两只电脑喇叭去学校宿舍想给室友们增添娱乐活动，但受欢迎的不是莫文蔚就是蔡依林。当时与我同住的女生们突然就会手拉手大唱《分手快乐》，满脸的欢乐喜悦，我很想加入她们却力不从心，隐隐觉得自己注定将孤独地面对未来生命里的某些事情，承受或享有它将带给我的痛苦与欢乐。

我和 Z 同学之间其实没有任何值得一说的故事，最多在学校走在一起会造成令人印象深刻的 40 厘米身高差，我的视线常年跟他的皮带扣平行。与其说想起他不如说想起他家的店，或者想起了一段印象有点模糊了的年少岁月。高二下半年的时候 Z 同学随全家移民去了澳大利亚，当我再去嘉澳 Pizza 的时候，店铺已经转手给了别人，我点了杯奶昔坐在老位子喝着，余光捕捉到店员看我的眼神，毕竟邋遢学生样的身影和店的氛围似乎是不太和谐，于是此后就再也没回去过。明知道 Z 同学和他的店已经不复存在，又好像老是要再确认什么似的，夜游回来时会特地窜一下吴江路，抬头看一眼亮着霓虹灯的店招牌。又过了一年，吴江路大改造，所有的店都拆了又开，开了又拆，饮食店改卖饰品衣服又改回饮食店，嘉澳披萨的影子彻底从吴江路消失了。

说回昨天看到的那只长腿蜘蛛。

当时我正在洗澡，抬头瞥见它挂在天花板的角落，正心想着是否快点洗完，那蜘蛛就长腿一蹬顺着看不见的丝线缓缓下降，先是落在淋喷头上，又下降到肥皂盒上，最后落到水龙头旁边，大概是因为到处都是积水，蜘蛛一滑一滑地奋力扒住浴缸边缘试图不掉下去。我把淋喷头关了想减少点水花好让它有机会爬走，没想到蜘蛛又飞身一跳直接跳进浴缸里，我还没反应过来，就见它顺着水流旋转着旋转着，消失在了下水道口。

就这样，在我漫长人生中二十好几岁当口的某个 30 秒里，蜘蛛在表演了三度蹦极后消失不见了，没有留下任何踪迹，只让我想起也不算太久的往事中一段不算深刻的记忆和一个不算熟悉的人。除了长腿长脚外，我无法把Z同学和这只蜘蛛的出现扯上任何关系，直到我这篇文章都要写完了，我还是无法在写作结构上做出个什么“以小见大，以浅入深”的合理安排。

有人说世间万物都有着千丝万缕的联系，但有些事情之间也可能真的没有任何关系，各自完完全全地独立着。他们出现了，然后又消失了，而苦苦纠结着要寻找并赋予其意义的，只是自己的执念。

当我举杯的时候把对面留给你

狗狗是我先生的昵称，因为他很喜欢狗，不知从哪天起就顺口一直管他叫狗狗。

狗狗原籍是孟加拉人，幼年随家人一起来移民到英国定居。他黝黑的皮肤，大大的眼睛，时常留着一脸碎胡碴儿。外人都觉得他沉默寡言有点让人难以接近，但私底下却是个幽默风趣性格温柔的老好人。

我和狗狗是大学动画系的同班同学，刚认识时并没有对他留下深刻的印象，在各种怪人频出的艺术学院里，狗狗低调得随时都可以融进背景。由于是朋友的朋友，所以偶尔也会听说他的奇闻趣事，比如早上穿衣洗澡出门只要五分钟就能搞定，喝茶要放三勺糖不然觉得没味道，慢慢地两个朋友圈的交集越来越大，最后一群五六个人成了大学里形影不离的挚友。

在大二暑假就要开始时，我突然面临一个无家可归的紧急事态，原本说好一起租房子的几个朋友纷纷爽约，交换学生的交换学生，搬新家的搬新家，剩下的几个人由于无法负担起那么大一栋房子也就兽散鸟飞。可当时我三天后就要回国了，宿舍的退租程序也不能逆转，结果突然面临下学期没有宿舍的境地，情急之下只能抓住也还在找新宿舍的狗狗，求寄放行李并拜托他能不能也顺便帮我签一间房。没想到狗狗爽快地答应了，可我回国后还是忧心忡忡，不知道未来会发生什么状况。

暑假里，收到狗狗给我发来的邮件，说虽然找到了两间空房但有一个问题，就是这两间房是连着的，虽然当中有一扇门隔开，但如果要下楼，住在里间的人一定要穿过外面的大房间才能出去。可当时整个镇上已经很难再租到空房了，学期也即将开始，于是我决定先住进去再说，等镇上有了新房源再搬就是。虽然心里有点为生活上的不便担心，但不知怎么想到隔壁住的是狗狗却也放下心来，同样是 20 岁出头的男孩子，但觉得他至少比其他人都来得可靠。

一开始住进这连体房的时候，我总是担心晚上出门上厕所通过他房间时会打扰到他，即使他表示自己睡得很晚没有关系，并且为了防止睡着时被我撞见尴尬场面，每天坚持穿牛仔裤睡觉。可我还是会思想斗争半天，最后选择爬窗出去，通过屋子外的防火梯下到大门外，再用钥匙开门进屋如厕，完毕后再从外面爬窗回屋，非常折腾。

慢慢地我们变得越来越熟，发现彼此有很多共同的话题，常常讨论作业或者天南地北地神聊一整个晚上都不觉得困。有时我打工晚了他会特地来接我回去，并肩走在小镇清冷无人的街道上。不知不觉隔着两个房间的门再也很少关，我们从同学到朋友，最后顺理成章地成为了情侣。那阵子他白天黑夜地开着电脑放 Coldplay 和 James Blunt 的音乐，我们一起打游戏，一起赶作业，一起去买菜做饭，甜蜜而幸福。

若从大二算起到现在，我们已经在一起 9 年了。
有时候觉得好漫长，有时候又觉得短如一瞬。

虽然我一直梦想着自己是朝着夕阳奔跑的水手服双马尾从未变身的魔法少女，或者是拯救地球的中二少年……如今也终嫁作人妇。

狗狗从来就不是那种头顶上有耀眼光环的人。

金钱名利地位三不沾。如果要是上“非诚勿扰”之类的节目，估计会被全部灭灯。

回想学生时代的我们，生活捉襟见肘，但总能苦中作乐。周末两个人打工到凌晨 3 点回家，还一定要一本正经地烧个三菜一汤。因为没钱出去玩就在魔兽世界里旅游，跑遍艾泽拉斯的每个角落，在月光下的海滩跳舞，在无人的沙漠野餐。这一举动导致我们升级缓慢，一年里副本一个没打，地图倒是全开了。

学生时代的我有点胖，常为自己的身材相貌不满意而苦恼，狗狗却常说："你们女生本来就已经是神所能创造的世界上最美的东西了。"这样的鼓励，不但给了我巨大的信心，也让我从此改变了看这个世界的眼光。什么样的脸孔、身材、观点，都可以是独一无二的，有着他们美好的一面，而自己所拥有的已经是很多人所渴望而不可得的。从此似乎我能看得更多更远，开始体会到我原本所不能体会的那些美好，也慢慢学会了知足常乐，放下那些华而不实的追求，享受简单生活里的点滴快乐。

毕业后狗狗和我分别找到一份很普通的工作，拿着很普通的薪水。虽然比上学的时候宽裕多了，但生活在伦敦的日子依旧紧巴巴的。与此同时，当我看到周围的朋友开着家里给的车，住着父母送的房，也曾羡慕忌妒过，觉得自己努力了那么多，怎么生活却好像还是过得很卑微。对此狗狗很认真地对我说："也许这辈子我们都不会成为有钱人。世界上的有钱人是有限的，但快乐是钱买不来的，至少我们现在正靠着自己的双手赚着每一分钱。你羡慕的那些东西并不是那些人自己赚来的，所以你为什么要感到卑微呢？我们的生活虽然简单但至少充实，我们花钱也花得自得其乐，你要为自己感到骄傲。每个人都有权利过自己想要的人生。"

如今我常想，如果没有那时狗狗的鼓励，我至今也许都会为物质的比上不足而怨天尤人。

有一段时间父母曾经觉得我作为一个姑娘家，一个人在外打拼这么辛苦，也许找一个有钱人嫁了，未来的生活会安逸很多。这让我想起如今大多数的女孩面对婚姻都爱讲“我愿意跟你一起过幸福的未来”，却忘记了还有“无论未来经历怎样的磨难与困难，在你生病困难时，我也愿意不离不弃”的后半句誓言。

现在还没有办法拥有那些让人感到安逸的物质，但不代表未来我们不会有。
虽然有些人现在拥有了一切，但是如果不努力付出，也终究会千金散去。

这成为了我们一直都相信的道理。和狗狗在一起的这么多年里，就算我们有过争执，埋怨，甚至分手，最终都还是又回到了对方身边。

在这个物质而浮夸的世界里，狗狗有着难得的真诚善良及勇敢踏实的个性。他有自己对事物的看法，但也会尊重不同的观点，算不上绝顶聪明但凡事尽心尽力，更可贵的是，在我做错事情时，哪怕知道我听了会不高兴也能诚实地指出我的缺点。而如果他自己做错事，事后也一定会认真地道歉。

我不愿意为了走物质的捷径，而放弃我能在一个男人身上看到的最珍贵的品质。

几年前狗狗在某一次的旅途中求婚。

他知道我生性浪漫，喜欢电影里各种美轮美奂的情景，然而他自己又很不擅长搞惊喜挑礼物，想了各种求婚方案都担心我不会满意。后来狗狗在求婚时非常真诚地说道："我知道你有很多女孩子梦想中的求婚场景，什么巴黎铁塔下，北极光下……虽然这第一次求婚也许我不能做得很完美，不是你想象中的那样，但这只是第一次，我会在未来所有的日子里，每年都跟你求婚，一起去遍你梦想中的所有想去的地方，这样我就能实现你所有的求婚梦想了。"到现在为止，这都是我听过的所有求婚桥段里最浪漫最感人的话。当时我听完后感动得大哭特哭，抱着狗狗好久都缓不过来。

两年后英国 8 月的某一天，暴雨奇迹般地在午后停止，灿烂的阳光洒在婚礼会馆的草坪上。想起婚礼筹备的初期，我在网上的婚礼论坛提问："Which month will be the driest month in UK？"结果有人回答："You mean…… less wet？"回想起我刚搬进大学宿舍楼的那天晚上，也是突然暴雨如注，看着雨点打在玻璃窗上，我突然觉得身在异乡的自己有点孤单寂寞，于是就拍下了一张挂满雨痕的窗户的照片。如今我突然想起这张照片，背景里对面宿舍楼里的一间屋子里，此时也正住着刚入学的狗狗。如果当时有人告诉我你未来的先生此刻只距离你不到 100 米，不知道我会是怎样的反应。真可谓生命里充满了不可思议。最后在朋友家人的祝福下，婚礼很简单又隆重地举办了，我们送了自己制作的我和狗狗故事的漫画书给大家，也收到很多礼物。

我到现在也不知道人为什么要结婚，也不知道我们从何时开始有婚礼的仪式。
有些人去神圣的教堂，有些人去热闹的饭店，有些人旅游结婚，有些人很潇洒干脆不办。
说实话我也讲不好到底什么是婚姻、什么是爱情。
但我知道我愿意和狗狗在一起，想天天看到他开心的笑脸，就像歌里唱的："当我举杯的时候把对面留给你，当遇到美好诗篇要为你读一遍。"

这么多年来狗狗一直鼓励我说一切会越来越好。

我写论文写不出来的时候他这么说，我做的动画存盘丢了的时候他这么说，我生病的时候他这么说，我在公司受气回家发泄的时候他这么说。事实就跟他说的那样，虽然缓慢也有波折，但是真的越来越好。三年后我们的工资都翻了倍，也逐渐开始有能力朝着我们最初的梦想迈进。这种脚踏实地的进步让人对生活充满了信心，哪怕遇到困难也有了克服的勇气，慢慢也开始计划着实现我们的第一辆车，第一个家，第一个工作室，第一只猫，第一条狗……

在我一无所有的时候，他选择了站在我身边给我鼓励，把我从杂乱的世界里一把拉出来，拍去我身上的灰。猫伯爵也好，小兔子也好，都是真实的我，与狗狗在一起让我成为了现在这个平凡但被自己喜欢的自己。而他总是在漫画的背景里，站在我身旁一滴汗三条线，看我试图拯救世界不成，郁闷地回家挖鼻孔抠脚，第二天再出发。

我感激我遇到了这样一个可贵的人。
也希望各位姑娘汉子们一样能遇到这样的一个人。
一定可以的。

已经没有什么可以阻止他了

我还在婴儿的时候，还没有什么纸尿裤的存在，那时候当家长的只能不厌其烦地换尿布。小孩子哭起来跟尿尿便便其实有时候并没有太大的关系，半夜里挣扎着爬起来，打开尿布一看没有内容是很失落的事情，于是我爸便发明了一个叫“尿湿报警器”的装置。

此装置一头是液体感应芯片，一头连着一个喇叭，用一节五号电池驱动。把芯片放进尿布里，有内容了警报器就会发出鸣叫。于是上世纪 80 年代的上海某间石库门的小房子里，常常在半夜发出警报声，成为邻里街坊永远解不开的一个谜。后来尿湿报警器退出历史舞台，据说是因为感应度太灵敏，我放个屁它都要感应都要响，父母精神崩溃，最后将其打入冷宫。

我爸是个脾气古怪得要死的人，但是脾气古怪的人通常也聪明绝顶。

在少年时代，摆弄无线电成为了他最大的兴趣之一，自己做的收音机后来已经可以收到美利坚的短波。由于不屑学校的那小儿科的手工劳动小组，竟毅然参加了缝纫绣花小组，自我挑战。多亏当时不流行把直男掰歪的运动，不然 20 年后也不会有他小小的女儿，穿着他做的漂亮衣服满地爬了。

“文化大革命”到来后，一切个人的兴趣爱好都不得不转到地下进行。他白天随大流带着红袖章假装去批斗弄堂里的资本家，晚上跑进白天被批斗的资本家家里学小提琴，之后吉他、钢琴、电子琴、油画也几乎无师自通。

上山下乡结束后，我爸报考了武汉军区的舞美部门，如鱼得水——调灯光，做玩具，摆弄照相机。早在六七十年代，除了胶片摄影和传统暗房技术，并没有今天这么便捷的后期技术，可他却为了好玩，把照片上自己的头剪下来，再移到某个外国军官的照片上，最后合成洗出一张自己穿着美国军服的照片。如今身为艺术专业修图高手的我，看过照片后只能感叹：“真是毫无 PS 痕迹！”

我爸在部队里认识了我妈，两个人整天骑着摩托车去东湖游泳露营，还拐骗到隔壁部队的一条狼狗。在跟我妈谈恋爱时既要用电话又不想被别人偷听，于是熟记了摩斯密码，两人一通电话就互打莫斯电报，连起初兴致勃勃欲图偷听的人都受不了了。两人一狗的部队生活一晃就是 14 年。退员后，父母二人双双回到了上海，我至今都一直很诧异凭着我爸这份才干他完全可以当个工程师什么的，可他却选择了普普通通的公务员。我不知道如今中国还有没有这样的公务员，在我记忆里，他总是穿着工商局那身藏青色的制服准时上班准时下班，二十几年来参加的饭局次数少得让人几乎想不起来。也许是因为不擅长跑场交际拍马应酬，几年间我妈早已跳槽无数，而他还是默默地在同一个单位一干干到退休。

在我成长的日子里，每当我以为我看到了最不可思议的事情时，他总能再次挑战我的极限。

结婚时我妈从北方远嫁来上海，我爸亲手打造出全套白色包豪斯风格家具，双人床，大衣柜，五斗橱，沙发茶几写字台，书架音箱电视桌，一样不少，在当年一片传统红木家具里显得极为前卫，闪闪放

光。这套家具后来一直伴随着我们好几次搬家，至今仍坚固挺拔屹立不倒。由于有着超前的概念，后来为了应付各种房型我发现这些家具竟然都可以以新的方式拆开后再组装，书架和写字桌的组合成为了我长大后的学习中心，音箱摇身一变成了床头柜，五斗橱卸掉四条腿又成了小矮柜，好像家具界的变形金刚。

有一次搬家时我们请了一个装修队，结果面对我爸要求的“桌面上漆的最终效果要达到钢琴表面的反光度”而连连请辞，众人表示“大哥我们只想混口饭吃”。记得那阵子我爸天天在走廊里一遍遍上漆，再一次次抛光，反复了十几道工序后，如镜面般可以倒出人影的效果终于实现。这样偏执的完美主义精神贯穿了我爸的一生，就连看完的旧报纸他都恨不得烫平了才去拿给楼下收废纸的。

随着我的慢慢成长，父母头发渐渐变白，我爸的发明创造却一直没有停止过。

在我第一款数码相机的电池坏了之后，他用旧 DVD 盒子（我只认识这个材料）和其他神秘器材做出了形状大小功能完全和专业 Sony 电池一样的充电电池，做出了我第一张单人床，做出了摩托车头盔，做出了壁炉，做出了猫屋。

时光流逝，唰唰唰唰，如今我爸退休在家，化身成为职业宅男。

突然对电脑感兴趣的他，开始看杂志上网自学，不过一年的时间便已经能熟练地使用各种软件，甚至自己升级系统，自己超频，为了玩极品飞车，自己去买来了更好的母板和显卡。

去年我回家看到他熟练地用电驴下了电影，改好格式后通过电脑连到电视，然后跟我妈在客厅潇洒地看美国大片，一手还拿着 iPad 玩游戏时，我觉得已经没有什么可以阻止他了。

后 记

非常偶然的一个机会，我有天在网上写的关于老爸《已经没有什么可以阻止他了》的日记得到了网友热烈的回应。真是一爹激起千层爹，这篇日记时至今日已经累积了超过 6 万的点击率，我觉得已经没有什么可以阻止大家纷纷讲述各自爸爸年轻时的精彩事迹了。

虽然受到无数陌生网友的推荐是一个偶然，但我想我们的上一辈能留下这么多故事并非偶然。如今无论什么东西只要动动手指就能在网上买到，东西坏了不是想着修而是想着换。而在物质极其缺乏、社会动荡不安的当年，人们不得不靠着自己的双手一点点创造幸福。

回复里很多人给我爸爸起了“神爹”这样一个拽酷炫的称号，他老人家得知后高兴不已。在看了网友评论后，爸爸表示也要多向其他各位神爹学习，自己三脚猫的功夫不足挂齿，如果有机会也欢迎一起探讨研究各种问题。我想爸爸们最大的成就也许就是我们每个人，大家可以上网回帖或者去书店买到这本书，从小健康平安地长到这么大。于是为了所有神奇的爸爸，我在本书里特地收录了部分网友的精彩留言，希望能把更多神爹的故事与更多人分享。

我和很多时差党或者工作学习在外地的小孩一样，常年不在家，回想起童年时爸爸给我带来的那些欢乐和骄傲，有时候觉得自己能做的还是太少。想到总有一天爸爸会和所有老人家一样，走路哆哆嗦嗦，听力下降，发觉拿起电焊棒不再那么容易潇洒，心里就有点不是滋味。似乎神奇的爸爸永远也不会老。所以现在作为女儿，能做的也就是让他在退休后的欢乐晚年里，更多地体验一下这个世界有趣的东西。在回复中还有很多网友希望我分享更多关于我爸爸的故事，于是我决定以问卷的形式让我爸爸亲自回复大家的问题。后来我看到很多问题的答案其实也是我从来都不知道的，突然感觉好像特别近地了解到爸爸的一些心声，感觉非常奇妙和温暖。我也在此谢谢所有提问的朋友。

番外一 神爹问答

【关于童年和成长】

问：请神爸简述自己的童年！拥有怎么样的童年，才能成就如此神勇威武的老爸呢？

答：童年时无忧无虑，对什么都有兴趣，特别是对电器和机械的东西充满好奇，自己去翻书找资料，小学（50 年代）翻到美国一本 DIY 的杂志，说的是做游艇的事，从龙骨、结构、机械、电力、操作等等，那时几乎把这本书翻烂了。兴趣是动手的开始。

问：叔叔！您第一次看新闻联播是什么时候？

答：听广播和有电视的时候就听就看。

问：神爸跟挨他批斗又教他小提琴的那家人什么关系？

答：好邻居，圣诞节去过他家，美酒加咖啡。（60年代）

问：神爸叔叔小时候的梦想是什么？

答：到无线电厂当工人。

问：叔叔现在还是不是潮男，还穿里维斯牛仔裤吗？或者发现了新的品牌？有没有觉得自己很帅很潮很神？

答：是啊！穿自己喜欢的就好。

问：伯爵爹年轻时喜欢什么样儿的姑娘？

答：漂亮顺眼。

问：想知道叔叔是如何一步步锻炼出那超强的动手能力，有啥要点不？过了18岁还有学习提高的空间吗？

答：世界上的东西都是做出来的，别人可以我为什么不行？不要听别人怎么说要看别人怎样做。

问：叔叔当年的 PS 是怎么回事！

答：我初中时没电脑，那时只能靠暗房技术，全套的设备和冲胶卷都自己弄，放大机、镜头到旧货店淘来，在楼梯下的小屋做了一个暗房，记得一次最长的曝光是 15 分钟……

【关于感情故事】

问：叔叔，当年你怎么追到阿姨的？

答：还用追吗？

问：请问您还记得东湖畔的热干面么？

答：好吃啊！热干面和豆皮。

问：叔叔，当年是阿姨先喜欢你还是你先喜欢阿姨的？

答：你说呢？

问：想请问叔叔，您当年和阿姨是怎么骗到东湖隔壁部队的狼狗的？嘿嘿。

答：用吃的，买四两面，自己二两狗二两。

问：可以问阿姨么？你是怎样发现并成功勾搭上叔叔的？

答：保密。

【关于和子女交流】

问：请问伯爵爹有刻意培养女儿什么兴趣特长？在教育孩子方面有没有刻意引导啊？

答：没有真的刻意，但留心她有什么兴趣爱好和超人之长。

问：我想问爸爸对女儿最大的期望是什么？

答：做自己喜欢的事，在自己喜欢的领域中小有收获。

问：帅爹有没传啥手艺给女儿？

答：渗透在亲情中的，可能是言传身教，也可能是心领神会……

问：跟爹不亲怎么办！爱在心口难开的那种！求叔叔提供交流技巧。

答：……

问：叔叔你有没有教女儿各种乐器！

答：可惜没有成功……

（伯爵小广播：看到这里我很困惑，因为似乎找不到任何学乐器的记忆，我妈说小时候给我买了个电子琴，但我摆弄了一下下就没兴趣了。我问她当时我几岁，我妈说 1 岁。1 岁试图教我电子琴，爹娘你们是闹哪样！怪不得没有成功！）

问：请问叔叔最为女儿感到自豪的是哪一点？叔叔想象中未来的女婿是啥样子？

答：只身一人到英国求学、生活、工作，并且小有成就……

问：请问叔叔要怎样才能取得你女儿的芳心？还有啊，叔叔对你女儿谈恋爱结婚的事，你有啥想说的？我也听听。

答：她已经芳心有属了，女儿的生活只要她感到幸福就好……

【关于生活和梦想】

问：最有成就感的发明？

答：发明没有。想象有，而且将对全人类有贡献，就是“水柴”（功能类似于火柴）。

（伯爵小广播：据我爹简单解释就是试图把氢原子和氧原子从物理上分开装在容器内，可以携带，然后再用物理力量将其融合，从而产生水。如果水柴能发明成功，一划就有一杯水，很酷有没有？）

问：退休之后除了做宅男，有没有伟大的大计划神马的？

答：没有伟大的大计划神马的，小打小闹而已，刚刚做好一个化妆间。

问：神爹是怎么藏私房钱的？

答：没有。

问：叔叔喜欢什么小动物？叔叔喜欢吃辣的么？大的心愿是什么？

答：以前养一只狼犬，现在自家养了一只猫咪。

问：叔叔！要怎么追到叔叔这样的人！

答：……

问：请问你有没有花最多时间去维持的一个爱好，还是说你的爱好就是玩尽天下好玩的东西？

答：应该是后者，对什么都感兴趣，包括航天飞机。

问：叔你相信自己是天才吗？

答：不是，天下能人多了去了，山外有山，天外有天。

问：有什么您很希望做的但仍旧没做成的事儿或者东西吗？

答：可能就是“水柴”吧，原理上是行得通的……正在想。

问：神爹当初为嘛要选择当公务员的呢?

答：没什么选，转业时分配的。

问：叔叔是对理工感兴趣，还是对文艺感兴趣，现在的爱好是什么?

答：对什么都感兴趣。现在的爱好是关于计算机的一切。

问：如果再给叔叔一次选择的机会，还会继续做公务员吗?

答：会的。

问：想问下叔叔，在以前有没有很后悔自己没有跳槽或者升职却留下来在自己的世界里乐此不疲?

答：机会有很多，戏剧学院、电视台、上海团市委，单位不放，也没什么后悔的。

问：叔叔目前为止的人生数十年中，最为骄傲的事是什么?谢谢。

答：女儿很棒。

问：问问神爹，这一生如果有遗憾的事，是什么呢？

答：没什么可遗憾的。

问：在您众多爱好中您到现在还一直最最喜欢的事情是什么？

答：电子技术，现在还订了好多杂志。

问：您年轻时候是不是就因为才华横溢而备受关注？对于关注您是怎么看的？现在又被一帮年轻人关注您有何新感想？您对现在的年轻人有什么寄语吗？

答：从小学中学一直都被关注，这是双刃剑有好也有不好。现在真的又被关注了吗，自己还没感觉到……

问：神爹，玩 Hi-Fi 么？能不能给我做对无敌的音箱？

答：行啊，从初中就开始玩了，那时做的第一个音箱现在还放着……你要玩可以提供资料。

问：我想问的是像叔叔这么萌的技术宅该上哪儿找？

答：睁大眼睛找……

问：叔叔您觉得生活跟梦想的关系是怎么样的？

答：一定要有梦想！哪怕是实现不了的，没有梦想是很平庸的！

番外二 已经没有什么可以阻止他们了

（网友叔叔爸爸爷爷们的精彩故事）

小白白白白纸：

这一代的男人有很多动手小能人，我爸也这样。小时候给我做过笔头处照明的笔，打过家具，结婚时，家里的挂画凤凰也是自己画的，我过生日还用可乐罐子给我做走马灯，比较极品的一件事是用小狗头骨和母狗骨盆研究出给狗接生的工具。

王小喵是陈太太：

我男朋友的爸爸也曾经在上个世纪 80 年代做出尿湿报警器啊！拿电子贺卡里的玩意儿改的啊！孩子一尿就满屋子“祝你生日快乐”啊！现在五十来岁了，家里大小电器坏了都自己修啊！小到刮胡刀大到红外线报警器啊！自己做各种 pizza、面包、蛋糕、中西大菜啊！博览群书从哲学读到佛学读到菜谱读到名著无不涉及啊！电脑玩得比我们溜得多啊！两个月内淘宝购物超过两位数，金额上万啊！ MSN 刚出了个人主页他就开了并且写了好多文章啊！品鉴红茶啊选购咖啡豆啊点评电影啊！几十年如一日早上最早起床做好早饭喊老婆孩子起床吃饭啊！早餐果盘一定要根据水果的形状切成不同的片或者块然后摆成花式啊！咖啡自己磨自己打奶泡就算了还用牛奶拉花啊！喝他煮的咖啡习惯了再到星巴克、Costa 都觉得在喝糖水啊！总之在他的熏陶与无形的压力下我的厨艺突飞猛进啊！可是还是感觉我们这一代真的是各种废柴啊！

小狐狸茶茶：

拼爹不敢 不过我爹是无师自通的儿童心理学专家——现在才发现那些所谓的"近现代先进儿童心理学研究理论"早在 20 年前就被我爹一一实践过啦。另外表示此人心灵手巧到一定程度，拆了坏掉的收音机修理电视机，纯手工打造全套家具……虽然不是白色包豪斯，但好歹还能烧得一手好菜，顺便拿两个旧炒菜锅改造成简易烤炉。

其实我爷爷才是强人，年轻时喜欢玩摄影，光荣地成为了器材党，机身机头都是极品货，钟爱德国品牌。后来全都放弃了，因为感觉"玩物丧志太费时间，还是赚钱有意思"。可惜"文革"时候都被毁了……身为资本家，过着白天被批斗、大强度劳动到累瘫，但晚上还坚持学习的生活。结果"文革"结束后，自学完成了日语和德语，程度已经可以做翻译，也有人请他去，毕竟改革开放了嘛。结果爷爷他老人家大彻大悟，安心在家休息，说是累了一辈子也该退休了，然后就是我出生了。爷爷他老人家又变身为超级保姆，不许别人碰我一下，于是小狐坚强地完成了家里蹲的幼儿园时期 。

匿名网友：

我爹初中文凭的底子（成分不好），18 岁进厂，自学成才，一年内拿下中专及自修大专文凭。无师自通，吹拉弹唱，样样在行，进了厂文工团，一笔板书，无人能敌。做工干到七级钳工（最高级），自制二胡、电风扇，结婚自己设计的捷克式家具（相当时髦，还在），还不停，副厂长也不要了，进了经委、市委、再到局长，临退休前居然负责网站维护。我的天啊，还不停，退休后一年半，竟写了一部 30 万字的剧本。我在想，已经没有什么可以阻止他了。

猫小九 × 俞伈抒：

我也有个无敌老爸。几项运动的运动健将（专业级别），自己修电器，装电器，拆电器。家里的木工、电工、水工、装修工全部他一手搞定。枕套、被单、窗帘、汽车座椅套，全部手工，鱼缸自制。摄影——几十年前自己就洗照片；刻章——一手好字，发短信写文章比我这个伪文艺女青年有水平。这样就算了，人际关系处理无敌，绝对是一全能外交家，最后，30 年前栽我妈一美女手上。

终于有人阻止他了。

我爷爷也很神，高级铜将，尺的刻度是靠他们几个铜将的模板做标准压制的，我连线都画不直，好难过。爷爷用两块石头就能开锁，怕几个儿子调皮做坏事，就没教他们，于是失传了……

柚子：

这老爹真牛！我老爸退休后，自己做九连环、在院子里支单杠、做秋千。我上次回家看他从地里劳动回来，一进门就在单杠上后空翻，接着跳绳。59 岁的老头体力无限，我看了真是满眼黑线……

天堂麻将桌

半年前我外婆去世了。前阵子我妈又问起外婆之前做的十字绣抱枕我有没有留着，我很想跟她解释说，我觉得留下的东西不如留下的回忆重要，但估计她无法理解。我从来就不是个喜欢睹物思人的人，人生已经太多负累，带在身边的东西越少心里越轻松，背着太多负担总有一天要把自己压垮。我们一起经历过的那些记忆已经是无价之宝，再要生硬地塞进一个纪念品里，又能发挥多大功能呢？好比我出门旅游也不爱买纪念品，来过就是来过了，不需要跟谁或者自己证明什么。结果最后，我再三劝阻仍然挡不住她在我打包行李的时候硬往箱子里塞，面对这样的情感压力，我总难以逃脱更难以启齿。

由于从小生活在上海，远离我妈在大明湖畔的娘家，和外公外婆的关系也比较生疏，往往一年才能见上一面。虽然我妈一再强调两位老人对我怎么样喜爱有加，但感情这东西不是硬塞就可以消化，不然反而会让温情变得尴尬。大概是祖孙辈之间的隔阂让母亲为难，但越推搡我反而越抵触。加上外婆常表示要送给我各种东西，无论上学出国结婚都要塞一大笔钱给我，不收被我妈说不体谅老人，勉强收下心里又堵得慌。尤其在老人去世后，当被大人要求“磕个头，说两句话，哭一下”时，我更是不知所措，纵然我有话想说，也不愿当着众人的面表露，所以最后总是把场面弄得很尴尬。

外公在我初中的时候就生病去世了。外公年轻时是将军，生前走过长征骑着马打过日本人，去世后他的骨灰盒专门放置在济南的英雄山公墓里。身为军人，外公作事雷厉风行家教严格，面对这位身高 180 厘米的老人，幼小的我心中又是害怕又是仰慕。记忆里外公从很久以前便常年在济南军区总院的老干部病房里疗养，偌大一个房间只有他一位病人，以至于很久以后我看到 8 个人挤在一起的普通病房，才明白他当年的特级待遇。每到暑假寒假我都会随母亲回娘家，却总也很难遇到外公神志清醒的时刻，他似乎永远都在静静的沉睡中，身旁一堆药品吊针，我抓了知了，得了糖果，画了画放在他床头。第二天去医院，外公依旧在睡，但是我的画上有人打了个 100 分。虽然我知道是他写的，但即使如此也不记得我们曾说过什么话，安静的病房窗外绿荫葱葱，总让人觉得很惆怅。

我的奶奶，上海话我叫她阿婆。我跟阿婆算最有感情了，从小就在她那张宽敞的棕绷床上跳着长大，夏天跑去花园里喂蚊子时也是阿婆拿着花露水在我屁股后面追着。她去世时我刚来英国两年，临终也没有机会回去见最后一面。这让我非常难过，那几天，每天晚上我会默默祈祷着说阿婆请托梦，阿婆请托梦，因为我相信她最后一定也有话想对我讲，而直到一年后的某天晚上，我才梦到了她。阿婆不再是我记忆中她最后几年那个干瘪瘦小躺在床上插满管子的老人了。梦里的阿婆神态安详风韵犹存，穿着一件白色的针织开衫，一只手上戴着一轮光洁的玉镯子，一头烫着波浪的白发梳得一丝不苟，更有她年轻时的模样。据说阿婆年轻时候是上海滩的大美人，还常去电台里唱歌，活得有滋有味。梦里的我还没开口，阿婆就似乎读懂了我心思般说道："用想的就可以见到我了。"阿婆说完便懒洋洋地继续倚靠在客厅的窗前，我顺着窗口望出去，只见梦里老家花园里的腊梅树下，插满了白色的蜡烛，虽然诡异但是却让人觉得安心。第二天我跟父母说起梦到阿婆的事，才被告知昨天是阿婆去世一周年忌日。我不由感慨万分，在天堂住了一年，阿婆的托梦技能修炼到家了。

相比之下，爷爷更可谓高寿老人，一口气活到了100多岁，90岁时还满头黑发腿脚稳健。最后也没有得什么大病，只是有阵子突然感冒了，不久后便在某天夜晚的睡梦中平静地离去。爷爷从小生得英俊聪慧，不但是外科手术大夫，还精通多国语言，在红卫兵闯进家来时，还轮番用英语德语俄语把对方骂了个狗血淋头，结果乱世几载中，也没有什么人再上门找茬儿。神爹之爹，果然也必须很神。爷爷的生活非常规律，所谓养生有道，太阳出来就起床，看完新闻联播就睡觉，不抽烟不喝酒没有任何不良习惯。小时候我常在他的抽屉里翻看那些亮闪闪的锋利手术刀，他也从不曾斥责我。爷爷话很少，不太关心外面世界乌飞兔走，但是很在乎自己生活的品质，大多时间都用于看书集邮养花剪报。每年到了他的生日全家都会去红房子吃一顿西餐，出门前他总要精心打扮一番，梳个光亮的背头，披上笔挺的驼毛大衣，蹬上闪亮的皮鞋，风姿勃发，那派头当场就能把所有小辈都比下去。直到后来爷爷听力开始下降，我总要趴在他耳边大声重复说话的内容。我说我要去英国学动画了，爷爷还点头说："Computer animation，来赛，来赛额（上海话，"你很棒"的意思）。"

故人归去，总觉得我们不应该再肆无忌惮地打扰他们，抓着无法复刻的记忆不放，悔恨当时各种不该，而错过了更多眼前需要自己珍惜的事情。我也不喜欢在葬礼上失控地大声哭泣，反而觉得大家应该穿上最华丽的衣裳放最开心的音乐，开开心心地送故人踏上生命崭新的一程。

有时想象，如今这四位老人若在天堂遇见，倒是可以欢乐地开一桌麻将，数落一下儿孙们的是非，畅言一下人生的各种感悟。我有时也很想像朋友一样问问他们，这段人生过得开心不开心？有没有实现梦想？想给天堂寄一封不需要回复的邮件，打一通不需要应答的电话。

因为冥冥之中我总觉得，所有暂时在这条路上告别的人，若有缘，一定会在世界的另一边再次相遇。

04　世界这么大

小时候我总是相信

世界上的善恶可以如同画三八线

笔直地把课桌划分成两半

就像电视里演的那样

好人有好报

恶人有恶报

后来发现人们只不过各自站在

自己画的圈子里

说站在圈子外面的人的不是

有的人画的圈子很大

不说话的时候他还能坐下来休息

有些人画的圈子很小

骑虎难下般地原地转圈找不到出口

世界这么大

地球又只是茫茫宇宙中小小的一颗星球

有人救死扶伤，有人买卖武器

有人夜夜点起蜡烛为不幸的人祈福

有人花天酒地透支自己的生命

电视里一会儿放公益广告，一会儿播搞笑综艺

我一会儿哭一会儿笑

两只眼睛开大炮

曾有过一个很喜欢的摄影师

说一开始搞摄影是因为想讲故事

但慢慢地想说的话越来越少

最后只剩下照片本身

蛇的手套

小时候每次看外国的电视电影时，总是特别憧憬那些外国孩子们的房间——首先至少他们都有一间自己的房间，光这件事就足够我羡慕的了。10 岁以前，我和父母还有爷爷奶奶伯伯孃孃堂姐做饭阿姨等等好多人一起住在石库门的大房子里，本来就人多屋少，虽然热闹但也拥挤不堪。上初中后我们一家三口搬到了新家，新家一室一厅，父母将大的客厅一隔为二，里面当作我的房间，外面当作饭厅用。但为了饭厅也能采光充足，隔开这两个房间的地方并没有砌墙而是拦起一道毛玻璃门，我爹对这个在功能和结构上都很实用的设计很满意，可我则对这个毛玻璃门深恶痛绝。怒感好不容易第一次有了自己的小天地，这样一来就根本不能算是个房间，又半透明又没有锁，白天不能拉上晚上也得由父母随意进出。后来我提出“平时把玻璃门拉上，父母进屋敲门”的建议也被驳回，大人的理由总是“你有啥见不得人的事呢”。

现实生活的种种打击，更加剧了我对外国孩子能拥有自己房间并随意布置的疯狂忌妒。除此之外，他们还可以尽情地在墙上贴海报钉钉子，满到连墙面都露不出来；周围的柜子抽屉里，桌子上床底下塞满了玩具、书和不知道哪里捡来的破烂或者宝贝。他们可以穿着鞋站到床上去蹦跶，可以在朋友来玩的时候锁起门来讲悄悄话。更别提有些人家的孩子还有属于自己的储藏室、树屋……所以电影里但凡只要一有拍小孩房间的镜头，我就会立马冲到电视机前，以鼻子贴屏幕的距离，贪婪地把这些房间里的细节看个够。

其中最让我魂牵梦绕的，是一种叫 Lava Lamp(熔岩灯)的东西。

我当时坚定地相信每个美国青少年的房间里都一定有一盏熔岩灯，在想象中它就是自由之光的象征。在透明的火箭形灯罩里，红色的球状液体上上下下地漂浮，灯光从底部打上来，照耀着那无时无刻变化莫测的形状和难以用语言形容的光影。

“掌握了篮板球就可以掌握整场比赛。”赤木岗宪对樱木花道这么说。
“掌握了篮板球就可以掌握整个世界？”樱木花道听到的版本马上就走样了。
“拥有了熔岩灯就等于拥有了整个宇宙！”所以对我而言，这样的逻辑无限正义。

因此熔岩灯一度成为了我在这个世界上最想要的东西。

曾经偶然一次我在南京路华亭伊势丹商场的顶楼，看到进口商品的柜台里竟然在卖熔岩灯。虽然每次路过，我都要去店里看上好一会儿，但却从没有想过要试图说服父母帮我买下来，因为我觉得这样的自由之光离我太远了，那是可望而不可即的一个美梦。后来整个商场搬了家，在生命里昙花一现的熔岩灯自然也不知去向。

十多年后，当有天我又在英国的某个商场里看到有卖熔岩灯时，几乎是不假思索地买了最贵最大的那个。可不出几个礼拜，我便彻底失去了对它的热情，开始嫌它既占地方又不怎么实用，最终还是被我送去了二手店。走出二手店后我心里一下子变得很失落，有点不能相信当初自己曾对这个东西是那么痴狂，也许是我明白了童年所憧憬的不过是熔岩灯所在的那一个个房间，以及那些房间主人不受拘束的自由的年少时光。我出国最大的目的说白了就是离开家，去到一个没有人能限制我生活方式的地方，去到一个能有一间可以任我随意锁上房间的地方。光芒退去，熔岩灯也不过就是一盏甚至没有照明功能的灯罢了。

另外一则深刻的记忆是初中时曾看过有一个叫《穿越时空的孩子》的外国儿童剧，主角小男孩无意中在商场里穿越到了另外一个世界，经历了种种奇遇又回到现实世界，还带回一个有魔法的水晶球云云。当然这都不是吸引我的重点，重点是，当我看到他从床下拖出一个装满了小杂物的盒子，把水晶球小心地收进去的那一刻，我的灵魂都几乎要从瞳孔里喷射出来。他有一个属于自己的藏宝箱！多年以后我再回忆起当时的情景，明白了震动我的并不是他的盒子或者里面的东西，而是“在这个世界上你有权利拥有并任意处置属于你自己的东西”的这个念头。如今我甚至臆想，也许这种情感上的冲击，就跟当年耶稣告诉穷苦的百姓“你们穷人有福了”时，百姓们的震惊感动那般。这样一个以前连想都不曾想到过的念头毫无预警地从天而降，天堂的大门从此打开，人世间的苦难终于有希望来陪伴。

于是当天我立马搜刮了家里的角角落落，先是找到一个大小差不多的废纸盒，然后用报纸彩页糊上，再磕磕碰碰地把盒子弄旧，假装我已经拥有它很久了。虽然跟电视里的那个质感相去甚远，但捧在手里也竟有点热泪盈眶。然而接下来的一秒，我便彷徨了，我发现我没有也不知道该放些什么东西进去，影片里小男孩的盒子里装满了树叶、玻璃弹珠、彩色的马赛克碎片，想必是他平时外出搜集来的东西。而我却空虚地发现我根本没有什么自己收藏的小宝贝，抽屉里只有文具和空白练习本。一时间我悲哀地感受到了自己生活的贫瘠、人生的单调、自我的匮乏——虽然在当时那个年纪我是不知道这些词语的，但那份悲伤却历历在目。后来的几天里，我也试图往盒子里放些什么，不论父母同事送的玩具，还是大我好几岁的堂姐表姐给我的发卡项链，但都感觉索然无味，因为没有一样东西曾让我心动。我悲哀自己是多么羡慕别人所拥有而自己没有的东西，却更悲哀自己即使得到了类似的，却也开心不起来，心里从来就没有一个可以放置这些珍贵东西的地方。长期以来都虚幻地期待着终有一天自己可以好好享受努力得来的、属于自己的东西，等终于得到了，却发现自己并不知道要如何享受这份快乐。打个粗劣的比喻就是：一条蛇处心积虑地买了双手套，却发现自己其实没有手可以戴。

在网上我看到喜欢的相册文章会毫不犹豫地点击收藏，却又几乎不再去翻看，时间一长收藏了些什么完全想不起来。如今自然再也没有人来告诉我不可以在墙上贴这个那个了，家里的书桌前也有一堵白墙，而这面墙却始终空着。电脑硬盘里存储着的，几十年来各处搜集来的喜欢的图片早已超过好几 G，我好像也一副随时准备着把它挑选一下，打印出来贴到墙上的样子。但它们却始终日复一日，年复一年，静静地躺在文件夹里。

青春的死亡圣器

突然在电视上看到镜头扫过没有穿着巫师袍的罗恩，短发的赫敏，还有不戴眼镜脑门上没了伤疤的哈利，一下子还以为这帮孩子是在麻瓜伦敦城放暑假。随后猛然才反应过来，原来这是《哈利·波特与死亡圣器》（下）在伦敦举行的首映式。

由于市中心莱卡斯特广场最大的几个电影院早已售票一空，我不得不转移到附近的一个小剧院观影——这还是提前三天在网上订票的结果。周围的英国友人都很喜欢称《哈利·波特》为国产大片，而就英国本地人对国产片一贯的“热情”而言，这长长的延绵在街道上的队伍绝对不是每天都会发生的事。更微妙的是，这么一大拨人竟然都极其安静地等待着，没有追求明星回眸的那种过度兴奋，也没有红地毯那种无法控制的大声喧哗，取而代之的是人群间热烈的耳语和眼神细微的交换。其实结局早已被知晓，我们知道最后谁会何去何从，可我们又想又不想接受这个故事将要落幕的现实，从始至终它都是那么有吸引力。当人群开始一点点挪动，我竟有点紧张。

我们这代人都很喜欢把老挂在嘴边，动不动就娘爷哥姐我怎么怎么。可很多时候我们都忘记自己每刻都在飞快成长，极其迅速地成熟乃至老去。时光猛地把一件件事情抛向我们，升学，毕业，工作，结婚……好像海格第一次为了接哈利去霍格沃兹的破门而入，你没有心理准备，而等你想停下来好好想一想时你已经站在了九又四分之三的站台上。至今我仍习惯性开口闭口叫别人“这位同学”，依旧喊三十几岁的人叔叔阿姨。潜意识里我的心一直试图停留在某个年代，犹犹豫豫不舍告别，拼命想要抓住那些飞速远去的时代记忆。

看哈 1 的时候我在中学令人瞌睡的教室里背三角函数，哈 2 时我做了人生第一个重要的决定出国留学，哈 3 哈 4 和大学同学嬉笑打闹

着进电影院，看完哈 5 后不能自拔地去买了根魔杖，哈 6 时我开始了第一份工作，最后这部哈 7 上下跨度两年。我眼睁睁从一个小姑娘完全蜕变成一个传说中的大人，如今我戴着结婚戒指挽着心爱的人，排在看哈 7 的队伍里，说着："想当年我看哈 1 的时候……"

我从来没想过一部电影会被我拿来做成人生的路标，其实如今电影说什么已经不重要了，那些故事只要我愿意随时都可以一遍遍重温，可过去的时光不会再来，做过的选择不能逆转。在我们的世界里，赫敏只能一次修一门课，被处死的鹰头马身有翼兽不能重生，小天狼星不会奇迹般地获救……而 J.K. 罗琳明白告别童年是多么重要的一课，于是最后我们的世界开始和那个世界有了交界，犯下的错只有让时光磨平后悔，死去的人不能复生，必须面对世界的黑暗并战斗，这是成长的代价，是我们想逃避的责任，然而也是让我们成长的契机。

记起首映式的最后，赫敏的扮演者艾玛说："能成为《哈利・波特》的演员，成为赫敏，我何其感激，甚至有时候我觉得自己真的就是天命之子（The chosen one)。"那种心情就好像自己终于站在了毕业典礼的聚光灯下，可同时我又是坐在人群中看着自己孩子毕业的父母。

当电影院头顶的灯光暗下，屏幕亮起，我深深呼吸并告诉自己，来吧，告别青春的时刻，来目睹这个光荣的瞬间，来感受这个成长仪式完结最后的火焰。你不知道我是多么感谢你能以如此魔幻绚丽的面目出现，但我终于要和你说再见。

时代选择了我们，成长选择了我们，《哈利·波特》选择了我们。

我想我们都是 The chosen one。

我等你的好消息

说出来特别不好意思，我非常喜欢《魔卡少女樱》这部漫画，每次看都会被打动，最近打算去买一套正版的作为收藏。漫画里让我最难忘的一直是小樱的那句无敌咒语，“一切都会好起来的，绝对没有问题的。”

长大后我明白世界上没有什么事情是百分百会好起来，倒是很多事情一定会越来越糟。比如记忆力。小时候电视上放卡通，一部算 30 集，片头片尾曲也就各出现 30 遍（还得除去有几集没看上），但动画还没放完我已经把动画片的主题曲唱得贼溜。当年没有 MP3 与网络，同桌想听动画片的歌时我就人肉点唱，从“残酷な天使のように（就像那残酷的天使）”一直唱到“猴哥！猴哥！你真了不得！”很多时候我完全不知自己在唱些什么，但外文歌里的一字一句就像往烂泥地里插竹竿一样准确且毫不费力地印在记忆里。如今要学个新歌没有一个月那是啃不下来，去卡拉 OK 即使看着歌词还老是各种唱错。

我们的教育对鼓励向来奢侈，如今又爱追着成功的屁股满世界跑，我觉得年轻人都要被逼疯了。

前阵子看到有网友抱怨年轻人找工作难，一千多块没有保险的工作谁要做。与此同时媒体也充斥着各种让人唏嘘的新闻，比如大学毕业生的工资还不如办公室清洁阿姨，或海归毕业的留学生摆地摊卖猪肉，感叹自己镀金镀了半天还不如国内文凭云云。但即使这样，我总忍不住觉得，有工作总比没工作强吧，即使是一份免费的实习工作，获得的好歹也是一份宝贵的工作经验。CV 这个东西有意思的地方就是，它的内容只会多不会少，除非你天天在家里待着说："1000 块的工作谁要干。"事实上你不干也总有人会干，他干了他明年的工资就可能是 2500 了，然后 CV 还比你多一行。

我第一份插画工作是大学时给国内的一份儿童科技类杂志画插图，一张 20 元，一期 10 张。现在想来这几乎等于白画，但当时我却高兴得不得了，真心地沉浸在开始赚钱养活自己的喜悦中。记得当时我得意地跟父母炫耀说："养人还早，至少我养得起猫啦！"慢慢地有了这一份工作，就有了第二第三份，几乎不懂讨价还价的我几十块、几百块的工作都接。有一次我记得给达能饼干出的小人书画了个非常傻缺的王子，对方给了我 1000 块，我高兴得差点休克，那也是我第一次跟别人签合约。我也是甲方啦！当甲方的感觉真是拽酷炫！当然随之而来的还有无数拿了作品就跑人的无赖客户，今天我还达能王子，明天就达能瘪三，几个月的辛苦汗水付之东流。

我的朋友狐狸先生，大学毕业后的第一份工作是在一家奇怪的小公司编飞机安全的动画软件，常常要“准备一笔钱”才得以去入一个手办之类的。有天他很高兴地跟我说发现了吃饭省钱的新秘诀，就是去工地上的食堂和民工们一起吃。危险是危险了点，吃饭时还得戴安全帽，但米饭随便添，几块钱能吃撑死。我也记得闺蜜曾在电器行打工，她这辈子唯一写过的 blog 就是：“客人真是太抠了，买了相机给了赠品，还问我要伞！”大概这份工作真的让她很不开心，一连三天的日志更新都在抱怨这个要伞的人。这些小事我至今都记得非常清楚，虽然我们也常常就各种工作上的问题诉苦抱怨，纠结人际关系的复杂，但至少谁也不曾看低自己，或者还没干什么就怪社会怪体制找理由。我这两个朋友如今都在很厉害的大公司里工作，且有着一副看上去未来会更厉害的样子。而我如今也不再画 20 块钱的插图了，除了养活猫也能养活自己。

或者就是看了太多热血的少年漫画，我就是相信“一切都会好起来的”。从毕业到现在已经过去的六七年并不算短，连天煞的《LOST》都已经放完。那些曾经看起来非常遥远的目标和计划，竟然也都慢慢达成。感觉上像是坐船航行，来日方长，总能抵达一个个新的港口。我也知道现在社会真的是压力太大，年轻人要闯出一片天地实在不容易，我也的确无法了解每个人的苦。但不管你相信不相信，我都相信生活会慢慢好起来，我都想对你说一句："Everything is gonna be just fine."

鼓励总是不差钱的，小鸭子总是很可爱的。

退一万步说，也许是我时常觉得自己作为一个单独的个体，在世界上太渺小太无能为力，也根本不知道怎么去抵抗体制，总是想要拯救世界的我到底拯救了些啥呢？所以我如今觉得，如果什么都做不了的话，至少常常对别人说一句“加油吧”，再配个握拳的手势。对别人也对自己打打气，大概就是我唯一能做到的了。

要说漫画界的屌丝之王，非《哆啦A梦》里的大雄莫属。人生苦不苦，想想大雄做算术。当然还有好莱坞的基努·里维斯，不过他已经命犯天煞孤星，超越凡人安慰所能抵达的极限。比起大雄，我们的生活都幸福多了，至少没有一个随时会把你揍得鼻青脸肿的同学。很多人也许要说，上帝是公平的，你看他有哆啦A梦，被揍几下算什么！

但我最羡慕大雄的并不是他有哆啦 A 梦的百宝袋，而是他每次出门，蓝胖子都会站在门口微笑着挥手说：我等你的好消息。

我等你们的好消息哟。

多愁善感的小孩，无所畏惧的混蛋

今天是我的生日。上海人爱过虚岁生日，小孩一生下来就算一岁，等到周岁就直接两岁了。上学时发现很多同学明明都是跟我一年出生却比我大两岁，一度以为父母谎报了我的生日。前几天我妈发给我几张小时候过生日的照片，我发现照片上一岁时的生日礼物是一台法拉利赛车模型，两岁时是一台救火车玩具，四岁的生日礼物是一套叫《宇宙开拓者》的拼装战队……我很纳闷为什么总给我买这么男性化的玩具，结果我妈说："其实你当时那么小根本无所谓，关键是你爹喜欢，等你生日一过他就自己拿去玩了。"

现在回想起小时候的岁月，尤其是小学的那五年似乎反反复复永远过不完。我觉得我肯定做了有快 100 本《暑假生活》，写了近 1000 篇寒假日记，"有意义的一天" 多得堪比弄堂里亭子间嫂嫂磕下的瓜子皮，作文里扶着过马路的老太太人数俨然超越上海人口总和，可一开学我怎么还是四年级。

而现在的日子根本就是被人按了快进键。

《机器猫》里有一集多啦 A 梦为了教育大雄时间的宝贵，拿出了一个时间流逝实体灯。只要一开灯就仿佛置身于一条真正的时间洪流中，每分每秒的时间在耳边飞逝而过，哗哗声惊得大雄一身汗，当下决定要发愤图强不再浪费年华。梁文道在某次校园演讲里说年轻人最大的本钱其实就是有大把大把的年华经得起浪费，通俗点比喻就是“老子有的是钱”，听上去真的相当令人振奋。其实我这个年纪都已快徘徊在“年轻人”的边缘，严格意义上讲应该叫大龄青年，可我仍旧无耻地把自己归入少年并继续中二着。

今年狗狗送给我的生日礼物是 Canongate 出版社从 2000 年开始重新出版的查尔斯·舒尔茨的《Peanuts》花生漫画全集的前三本，查尔斯在和我今天一样的年纪开始了这个无与伦比的马拉松式的漫画绘制。比起《花生漫画》，国内通常更喜欢翻译成《史努比漫画》，我一直觉得这样的翻译就像把《UP》翻译成《飞屋历险记》一样没有品位。这种令人发指的翻译模板，如今已经占领广大影视市场——不管是原始人还是外星人，统统总动员；无论是修女还是政客，一律也疯狂。

《花生漫画》里呈现的是一群对人生孤独挫折充满各种不满怨恨的死小孩，他们渴望倾诉，渴望得到关注、得到爱。虽然觉得有时候整个世界都在跟自己过不去，然而最后每个人依旧充满热情地继续着自己觉得对的生活方式。其中我最喜欢的故事之一是这样的：史努比坐在屋顶上写着它永远不会被编辑认可的小说，小说通常是这样开头的："在一个月黑风高的夜晚，一阵枪声划破了寂静……"路过的露西看了以后吐槽史努比说："我想你应该多尝试写点浪漫的东西。"于是史努比改写了小说的开头："在一个月黑风高的夜晚，一阵吻声划破了寂静……"

晚上在 Chinatown 和狗狗吃完饭后又买了两杯芒果西米露外带，结果一路上地铁延迟火车又晚点，好不容易终于回到家，两人累得都要瘫了。可当我们正准备躺下美滋滋地边喝西米露边看电视时，狗狗一个不小心将其中一杯打翻。他顿时想飙脏话懊恼自己怎么笨手笨脚浪费了食物，我一边学谢耳朵说"there，there"，一边拿抹布收拾残局。虽然辛辛苦苦拿回家的西米露翻了，但这也是没有人能预料的意外事件。而后来当我们把没撒的那杯和剩下的西米露混在一起，倒在两个稍微小一点的杯子里后发现似乎还是满满两杯，于是又高高兴兴像什么都没发生过一样，坐下来继续看美剧。一直觉得与其过根本不存在的"完美生活"，我宁愿生活里充满了各种踩到屎，各种覆水难收，各种无法回头。正因为生活里有过挫折，才能让人更加体会到生活其他时刻朴素简单的美好。

“完美的人生，是在少年时期就很老了，有一颗多愁善感的，满是抬头纹的心。然后他慢慢长大，慢慢变得越来越年轻，年轻得像个无所畏惧的混蛋。”

祝我生日快乐。

死亡笔记

今天突然有个念头冒出来。

那就是如果不在活着的时候想想关于死亡的问题，等真死了以后也许就没有机会了。

上小学时，突然有天见到班级里某个同学戴着一枚突兀的黑袖章来上课。当时学校对服装的管理很严格，任何多余的装饰或不符合规范的穿法都会被老师骂个臭头。而有人竟可以将一块突兀的黑布（有时上面还会缝上一小块红方片布）明目张胆地别在袖子管上，在当时的我看来那一定代表着什么巨大的事件，它如此之重要，竟可凌驾于神圣不可侵犯的服装规范之上！而更有趣的是，我记得即使别了黑布，可身为班干部的她（本人意愿还是家长建议不得而知），仍旧坚持把中队长标志别在了黑纱的最外面。这仿佛连死亡都无法阻止人们对权力强调和追逐的象征，现在想来多少散发着荒诞的意味。

很快我明白过来那黑布是代表了家里有人去世，而随之心中涌起的感受并不是悲伤，反而更多的是不解、疑惑和压抑。在黑布的加持下，这位同学周身好像也若隐若现地笼罩上了一层不祥的气氛，成为某种话题禁忌的存在。面对死亡这未知陌生的能量场，即使是发生在跟我一点关系都没有的人身上，都本能地冲击着我幼小的心。一个人的死亡具体意味着什么我没有一丁点概念，甚至不知道如何表达内心的复杂情感，像是头一次做任何事情一样没有经验不知所措。结果抱着简单粗暴的“如果我逃离问题，问题就不存在了”的逻辑，我毅然决定干脆短时间远离这位同学。那样渴望逃离现场的心情历历在目，以至于多年后我看《新世纪福音战士》听到真嗣对着美里嘶吼“逃避自己不喜欢的事情有什么不对”时，我也都很想跳起来大喊：“就是啊！有什么不对？”

在这段微妙的时段里，除了不自觉地回避与她交流，我在不得已和她对视时也尽量保持表情的严肃，可至于为什么要严肃我也一头雾水，说白了完全就是拷贝周遭人的行为。所以如果当时看到大家对死亡的反应是普天同庆喜闻乐见，估计我也会学着上前握住这位同学的手说：“太好了，真是恭喜你啊！”不过没多久，她校服上的黑布已经不知何时悄悄取下了，于是之前的欢乐气氛就又突然回到身边来，我们恢复了之前那种打闹嬉戏的生活，像是什么都没发生过一样。

若要说直面死亡的那一幕，我想还是要数初中那次经历。

当时我们离开了石库门的老房子，搬到到了一栋三十几层的高楼公寓楼里。我至今对那栋楼不怀好感，因为自从搬进去以后隔三差五就有人跳楼自杀。那天我和邻居小伙伴正准备去游泳，我跨着自行车在楼下小区入口处等她，突然只听身后“砰”的一声，仿佛一个装满面粉的麻袋从高处砸到地面，声响巨大而沉闷。我回过头一看，在离我三四米处无声地躺着一人，地上没有血迹，虽然背对着我，但是从灰白的头发和身高打扮上可以推测出是一个老妇人。而让我至今也无法解释的是，当我回过头去眼睛落在她身上的那一刻，我就明明白白地确定那已经是一具尸体了。当下我可以真切地体会到一种非生命体所散发出来的什么东西，在大夏天里让我浑身从头冷彻到脚，那种绝对性的无，切断生命的空，把她所在的空间与我们硬生生区分开来。灵魂被挤出体内后，好像周围的空间也开始朝那个方向坍塌，觉得自己好像正被什么巨大的力量吸过去。虽然后来我很快回过神来，和路人一起打电话报了警，在离开现场后不久我不安的心情很快恢复了平静，但那一瞬间的冲击我至今记忆犹新，切身体会到了死者和生者存在的两个空间的绝对对立。

慢慢地随着我的成长，对死亡也熟悉起来，尤其是当家庭中也有长者离世。我有时不明白大人的想法，面对长辈的往生，有时候家里人

“怕我学习分心”，决定当下不告诉我，而又有时候却要我无论如何赶回家去见老人最后一面。跟我比较亲的爷爷奶奶的最后一面我没见到，至今觉得懊恼不已，怪父母没有给我回去和他们告别的机会。唯一一次参加葬礼却是与和自己并不熟悉的外公告别。当我站在告别厅里，看着满屋的大人哭号不止，即使耳边回响着悲哀沉重的葬礼音乐，可那份悲哀却无论如何都涌不上心头，心中只是充满了惶恐，觉得人死后怎么会被放在这么一个奇怪的场合，接受往日亲友如此悲伤的送别。最后我是因为看到我妈在舅舅的拉扯下无法抑制地扑向外公遗体并号啕大哭，那样失控的母亲让我害怕也让我怜悯，眼泪在此刻涌了出来。

如今十几年过去了，我对于外公的辞世仍旧没有实在感。身为革命军人，外公的骨灰被安放在济南的英雄山革命烈士陵园内，每次跟母亲回去探亲，都会到陵园内的场馆中扫墓。大楼里的那份寂静仿佛有种实体的重量，沉甸甸地从四周压迫着你，每次也几乎从来没见到过其他来访者。这栋不算小的三层小白楼，每层有十几个房间，每个房间里整齐排列着图书馆书架那样的柜子，只不过更高更结实。每排柜子被整齐地划分成许多带玻璃门的小格，每格不过半个抽屉的尺寸，刚好放得下装饰祭奠用的干花，小小的大理石墓碑及骨灰盒。在更换干花和装饰品时，母亲都会触景生情地流下眼泪，叫我跟外公也说几句话，而我总是茫然无措，面对这样的死亡，我觉得冰冷，所谓冰冷并不是死亡本身的无情，而是觉得把骨灰盒如此整齐划一地塞在压抑的房间里，格式化透出的冷漠，毫无人情味可言。

需要面对死亡的，往往不是死者本身，而是继续留在这个世界的后人。

若你早已常驻我心，那有没有权利入住什么只有高级革命将领骨灰才能入住的骨灰堂则毫无意义。每次离开英雄山陵园，回头看到远处山峦上的郁郁青松，都觉得也许那才是外公的骨灰该去的地方。那里有天空有泥土，有树木有鸟鸣，有人群也有世界，是多么广阔美好。

话说前阵子发现英国的邮局里竟然还有卖遗嘱套餐的。套餐里有几张设计精美的信纸和一些先印刷好的法律文件模板，但却和胶水、信封、双面胶这类生活杂物一起卖，感觉略微妙，当下我非常有买一份的冲动。在我死后，不知道到时候谁会收拾处理我留下的东西呢？衣服可以捐掉，电器产品因为早已跟不上潮流而回收，书是会被送到地方图书馆还是分给别人？那好几百 G 的塞满动画的移动硬盘又将何去何从？还有那堆费力搜刮来的垃圾宝贝也一定叫人头痛不已吧。到时候我那些社交网络账户还会存在吗？如果还在使用，那最后一句留在世界上的广播又会是什么？之前听过一种说法是，最幸福的死法是死的时候钱正好花完，当时我点了个赞。而又听说法律上似乎连债务也可以作为“负财产”留给后人，收到这样财产的人可真是不幸，可惜没有“不赞”可以点。

当坐在马桶上又忘记带书时，我偶尔会想想自己喜欢的死法。

我希望自己能多多少少保持着健康的体魄，最后晚年的某天在睡梦中静静离去，但这样的死法非常奢侈，需要天时地利人和的加持。若需要一个致死的因素，想在性爱高潮中领便当，或者大笑着升天。

人死后依照传统总要举行葬礼，说实话我对此类烦琐的仪式向来厌烦。在人均地皮面临严重压缩的今天，据称北京的高级墓地的价格已经超过商品房，怪不得有人感叹真是连死都死不起了。曾有人建议可以竖着放置棺材来节约地皮，我觉得干脆连棺材都不需要，直接挖个竖坑把人戳土里，露出上半身的话岂不是连墓碑都可以省了？我先生常因我听音乐时偶尔会考虑这是不是适合在葬礼上放而哈哈大笑，笑我说办婚礼还没操心够啊还要操心葬礼。可我就是不想让来见我最后一面的亲朋好友听那讨厌的哀乐，走那无聊的程序。所谓遗体告别真是马后炮般的行径，真要告别难道不是要在我还活着的时候告别才对吗？所以我的葬礼应该像 party 那样热闹，人们走着红毯欢笑着进场，围着我的遗体把酒当歌。背景音乐到底放巴赫还是摇滚我还没有想好，或者来个 Remix 版本的哥德堡变奏曲也不错，如果能再有个多媒体大屏幕滚动播放一下我生前画的画，做的动画什么的就更好了。有条件的话在墓碑上嵌个 iPad，每年来扫墓的人还可以玩玩《植物大战僵尸》打发时间。

文学上人们总是用“远去”“离开”“告别”或者“在另一个世界”之类的词语来形容人的往生，导致一说到死亡我就不免联想到旅行，本质上说都是启程去别处的感觉，只不过死亡拿的是单程票，放下的东西是生命中的一切。若照此理，那些在生活里决心改头换面的人们，大到更名改姓抹杀过去的亡命之徒，小到辞职旅行也罢搬家也罢，出于各种原因去到新的地方生活学习的人们，是否都在某种程度上，也实行了“将自己的某一部分杀死”的精神仪式呢？而那些被杀死的部分到底是什么？留下的部分让我们更真实地接近自己了吗？

无论怎样，只要活着，人们就常为死亡操心，但死后的事情没人知道，就好像我们没人操心出生之前的情况一样。活在这个世界上，生长在富裕抑或是贫穷的家庭，无论是开心也好，悲伤也罢，面对不同的苦难、幸福与命运……生的体验也许不尽相同，可死亡对我们的影响却是相同的。无论是小时候看到同学别黑纱的压抑，直面死亡降临的震撼，还是面对家族成员死亡的迷茫与深深思念，死亡在某种程度上把我们的心联系在了一起，因为人人都会死亡，人们才能懂得在活着时更善待他人。

既然有如此的联系，那死也许并不是生命的终结，而是生命的延续。在生命里，死和生是等价的。姑且不管活着的意义最终会是什么，人活着之所以能有意义，也是因为不远处有死亡在等待。这样一来，对“活着的意义”的思考在某种程度上也是对“死亡的意义”的思考。活着就是等死。这句话其实说得很对。但等死的过程可以无可奈何，也可以乐观积极，生与死之间这种转换的可能性，反而赋予了单纯独立于死亡之外的生命更丰富的内涵。

死亡是生命给予我们最后的王牌，没人会在斗地主的时候上来就扔炸弹。

让我们在去死的路上，且行且珍惜。

You'll laugh, you'll cry, it'll change your life

我很喜欢逛书店，在书店里一坐就能坐一天。但是现在不知怎么养成一个坏习惯，就是翻到想买的书后，会直接掏出手机上 Amazon 查书价，发现差价有十几磅的时候，毅然决定为了省钱就不在书店买了。有时候面对这样的情况不知道该怎么办，身为并不富裕的一个普通人，“遇到一样的东西一定会买便宜的那个”也是人之常情吧。但在自作聪明地满足了消费优势后也常会担忧，如果所有人都像我这样到店里只看不买，那书店迟早得倒闭。而且那种走出书店却发现手里无书的感觉，就好像早上特地为了逛书店而背出来的书包一样，无精打采地瘪瘪地耷拉在背上。

以前上海有过一家书店叫思考乐书局，因为晚上会开到很晚，我夜游时跑累了也会跑去那里坐在地毯上看会儿书，喜欢他们的台灯和大木书架。还有在静安寺伊美广场出口出的那家季风艺术书店，小小的店面安静整洁，不但书目丰富，店里还提供画册预订送货上门的服务。两年前回国时突然发现书店人去楼空，唯有门口卖章鱼小丸子的摊点还是那样生意兴隆，我恨不得点上一支香再供上两个小丸子来纪念又一家书店的离去。曾经一度在伦敦 Oxford Street 上灯火通明的大型连锁书店 Borders 也早已关门倒闭，当时非常震惊，不敢相信规模这么大的书店会就这么关了，书店本来的位置上后来建起了热闹的时装店，才不到几年 Borders 曾经存在过的踪迹就消失在了过往人潮的记忆里。跟友人说起书店低迷的事，他表示着消费者虽有一定责任但商家也必须为了应付如今的网络购物便利而想别的办法，比如书店在功能上的多元化，卖唱片卖周边，提供咖啡饮料等来增加收入。虽然很多书店目前是这么做了，但想起 Borders 一度也是以“Book.Music.Cafe”为主题，不还是倒了，觉得前景依旧堪忧。

想起小时候第一次去书店，是去静安寺百乐门酒店楼下的那个新华书店，那天父母给我买了一套凡尔纳科幻小说全集，一共二十几本，怎么搬回家的至今想来也是个谜，好像就是用绳子捆一捆然后坐公交车拎回去。那个年代的人真是臂力过人，不像现在我在公车上拿手机看东西，才举了几站就觉得脖子发酸。

真正开始喜欢看书，确切地说一开始只是看漫画书，是从初一开始。我家对面有一所少儿图书馆，具体叫什么名字我不太记得了，只记得是一栋三层的老洋房。房子外墙刷成蓝色，木质的楼梯踩上去嘎嘎直响。我周末得去那儿三楼的多功能厅上英语补习班，有一次补习班的房间停电，老师把上课教室挪到二楼时才发现了图书馆的存在。不知道为什么国内我去过的所有图书馆的工作人员都是凶巴巴的，一副我欠了他们的书几年没还的样子。不过大概也正因为这个原因，这所图书馆异常安静，几乎达到太平间的标准，大概所有声音都被管理员大妈管理了吧。不久后我在这个图书馆最里面发现了一间儿童阅览室，阅览室里大部分的书都是漫画。我身为一个初中生还待在儿童阅览室其实是很丢人的事，很多在附近上班的大人都把这里当做临时托儿所，阅览室里常爬满了五六岁的小朋友，这让坐在其中的我显得非常突兀。可即使这样，我还是背负着压力与内心的羞耻感坚持一没人注意就溜进儿童阅览室看漫画。后来当我开始有点兴趣看文字书籍时，图书馆开始装修改造，我也去了寄宿高中，结果竟然再没机会回到这个图书馆里了。再等想起来时已经过去好几年，当年是图书馆的这块地现在已经被隔壁警备区司令部扩建的工程所吞没，配枪的警卫纹丝不动地站在图书馆原本大门所在的地方。

我高中的图书馆在规模和藏书上其实已经非常壮观，加上我的室友在图书馆打工，根据她的内部情报，我总能及时知道哪本特别难借的书什么时候还回去了，并可以在第一时间冲到图书馆抢走。高中时的图书馆因为有空调总是挤满了人，虽说不上特别浪漫，但在避人耳目的拐角也会有很多情侣来占位子，桌上放几本不知所云装装样子的书一边写作业一边眉目传情。图书馆因此被教导处主任列为重点“扫黄”地点，有一次教导主任得意地抓住一对貌似在图书馆谈恋爱的学生，正要教训却得知他们两个压根不认识对方，只是碰巧坐在了“情侣专座”上。高二时学校开始分级教学，我数学特别差，于是分到ABCD的D班。开学后我努力了一个月发现成绩毫无起色，于是干脆自暴自弃搬到最后一排上课吃吃泡面看看小说，同时也跟坐在我前排的几个别班的男生混熟起来。从他们口中我得知在男生中流传着一本超级黄书，抢手之程度令人咂舌，传说这本书自从开学第一天从图书馆外借出去后就根本没时间回图书馆歇歇，一直在坊间流传，预订此书的人数已经达到50人之多，一连丢过好几本都是被学生窝藏最后下落不明了。这个流言勾起了我极大的兴趣，但是男生们为了保护稀缺资源就是不说这本书叫什么名字，其实我对书有多黄不感兴趣，只是好奇到底是本什么书。最后过了三年临毕业我才从某个男生嘴里撬出这个秘密，原来是王小波的《黄金时代》。

总之出国以后再去的书店和图书馆就比较正常，或者说让人印象不那么深刻了。大学图书馆艺术类书籍虽然多得惊人，但所有画册都被翻烂，一打开内页就哗啦啦地往下掉。工作以后有时会去唐人街附近的查宁阁，算是伦敦比较少有的中文图书馆，言情小说、侦探小说占了很多位置，虽然馆藏有限但总比看不到强，似乎如果特地去订他们也会帮你从国内引进。由于很多书都是台湾版的，于是慢慢练就了纵排版书的阅读习惯。第一次接触到自动借阅机也是在那里，感叹虽然破但是硬件还很高科技，就跟古老伦敦城建筑物们外旧内新的特点一样。

因为我是村上春树小说的热衷读者，常常向往书里的那些图书馆。无论是《海边卡夫卡》里的甲村图书馆，还是《世界尽头冷酷仙境》里小镇上的图书馆，每次读到总是细细品味字里行间所流露出的那种平静、厚重、古老甚至有点冷清的意境，虽然知道这样的地方也许并不存在，但总是心存幻想有朝一日能在伦敦某个僻静的街道遇到这样一所人迹罕至的古旧书店或者图书馆。推门进去听不见烦人的流行背景音乐，浑浊的空气里弥漫着旧书所散发出的那种独特的油墨味儿，杂乱无章的图书从地板堆到天花板。不知道是不是店主人坐在收银台后，一心只盯着手里的书，或者甚至就不知所踪，让人不得不怀疑自己是不是走错了地方，倒退着出门但看到牌子上明明写着 OPEN。于是我可以自在地东看看西看看，晃悠上好久也不会被保安催促说“你到底买不买书”。当我问老板有啥推荐好书时，对方头也不抬地抽出一本封面连字都磨没了的书狠狠扔在我脸上：“Take this ! You'll laugh, you'll cry, it'll change your life! Now get out!”最后我屁滚尿流地付了钱（还忘记拿找头），拿着书走出书店，却又不自觉地在门口流连忘返地想，嗯，下周还来吧。

可现实总是残酷的，即使找到了这样的地方，搞不好半年后也宣告破产，或者不得不把自己装修一番，开始在二楼卖起咖啡三明治，被迫在书架上摆出《我来告诉你如何变成百万富翁》这种破书。所以如果世界上有这种地方，还是不为人知的好吧。如果你知道有这种仙境的存在，请偷偷写信告诉我，我一定回请你吃章鱼小丸子。

远古人类生活考

我记得还在不久前，我就是我，你就是你。

这个世界上没有马甲、小号，没有数不清的账户，没有人要求你变着法子绞尽脑汁想出几年后自己会忘得一干二净的用户密码。如果我想跟你说话，我就带上话梅去你家，问问你昨天晚上有没有也准时收看了《秀逗魔导士》。话毕也无需寒暄，登 26 女车各自回家。没有准备好的表情符号跟着话语出现，你那张没有 PS 修饰过的长满痘痘的脸上，无论表情是笑是哭还是迷惑不解，我都觉得特别好看。

想再多说两句的时候我们就沿街坐下，边请你吃炸臭豆腐边继续扯淡，直到日落西沉觉得再不回家老娘老爹就要提棍出门喊打时，才飞快地赶回家去挨骂。除了父母的唠叨，没有人打扰我几点听广播，几点看书，几点抠鼻屎洗脚睡觉。

如果我很快又开始想你，想问你无穷无尽的问题，就满怀激动地快快睡下，等着。

因为第二天，又是崭新的一天。
让人充满期待。

你有没有发现，现在好像所有人都人格分裂了。

看不见的运营商说这是信息时代，必须更完全地展示自我，煞有介事地说是要扩大或区分自己的朋友圈，完善不同需求的满足，参与新奇的用户体验。这些华丽辞藻堆出来的话到底是什么意思，他们还没说完我就听得快要睡着。

敢问又有多少人觉得自己比过去更孤单?

直到我发现自己开始偷虚拟的菜，造虚拟的楼，炒虚拟的股，开虚拟的公司，交虚拟的朋友，关心虚拟的粉丝。生活越来越丰富，心里却越来越空虚。现在看来，这些绚丽的泡沫只是被我们被商品竞争五马分尸后，残破灵魂的梦游。

今天我在这里，明天我在那里。早上我拉了屎，刚才我放了屁。上一分钟我还在家里，下一分钟我就会在健身房，甚至在过程中还要更新，我在“离开家并且去到健身房的路上”。啰唆又胆战心惊，害怕自己会人间蒸发一样到处留痕迹。人人渴望更亲密的交流，被人更多的了解，实际上却在更深地掩饰自己的同时，更贪婪地偷窥别人的隐私——然而大多数情况下，那些所谓的隐私都是不真实的。

人类的适应能力强得可怕，可以很快地变聪明，也能很快地变愚蠢。

我们快要成为一群史无前例的高智商蠢蛋。

如今我站在泥潭中央，看着身边的大军依旧奋不顾身地朝着泥潭中央坚定地走去。

我充满疑惑和不安。

如果跟上大部队我将永远也回不到我原来的地方，可如果停下不再前进，很快我将孤身一人。

我的心很想抽身回头，但双脚却牢牢站在原地如同生根发芽。

向前后望去都看不到所谓的边际。

看久了甚至分不清到底哪一边才是原来的岸。

我深深怀念，那些似乎已经遥不可及的过去日子。

我偶尔想抬头看天时，不用拍下天空的图片作证，也不用更新我看天的状态，也没有人根据我看天的事实做回复评价。

我就单纯地站在那里看。

而且我还能确信这些生活里，铁证如山，朴素无用，瞬间即逝的片段，都真的发生过。

Delicate

昨天在回家的路上，觉得高速公路上安静得出奇，偶尔有驶过的车辆，驾驶座上的司机也都仿佛一边想心事一边默默不语独自前行的样子。看表才意识到竟然已经快 10 点了，由于北半球夏季白昼漫长的缘故，总让人错觉还只是傍晚五六点的光景。太阳完全下了山，地平线上的云已经融入山丘的阴影中，虽然夜空还很明亮，但已经可以看到头顶 6000 米高空的卷云背后，星星和月亮都升了起来。

车里的收音机中正播放着 Damien Rice 的《Delicate》——

So why do you fill my sorrow
With the words you've borrowed
From the only place you've known

我出神地听着，想起大学时一个住在我宿舍楼上的女生。我每次去找她玩，她几乎总是在堆满化妆品的书桌前一边敷面膜一边用笔记本电脑看《康熙来了》之类的综艺节目。印象里她的屋子总有一股香香的味道，窗帘很少拉开，床上堆满了好看的衣服。有一次我们正一起看视频，她突然问我，记不记得小时候的动画片《大力水手》？我说记得啊，她继续问，大力水手不是有个女朋友叫奥利佛？对啊，怎么了？我问道。然后在一阵短暂的停顿后她转过头一脸认真地看着我说："最近不知道怎么的，我突然觉得他们好像分手了。"

后来这个女生转学去了其他学校，毕业后就回了国，我们也就再没了联系。但不知道为什么，我时常会突然想起那天她这句莫名其妙的话。想来这根本是一个完全不成逻辑的推理，但在荒谬的背后为什么我会感到某种真实的失落，并为这种失落而伤感呢？就好像大力水手和他的女朋友真的分手了一样。

And why do you sing Hallelujah
If it means nothing to you
Why do you sing with me at all

思绪回过神来时，Damien Rice 正反复唱着这段歌词。这诗一般的语言让人忍不住反复回味，简单却又绝不简单地萦绕在脑海里。我们总是拿借来的话语去安慰别人或者表达自己，唱着说着自己也不太明白的话，很多时候我面对坐在我对面滔滔不绝的人，都一阵茫然，不知道他到底在说什么。现在越来越多的时候，我重听那些当年觉得老掉牙的"经典情歌"时，总会一阵阵恍然大悟，心想这歌里说的原来是这个意思啊。这样的歌词不是现在的我，也不是未来的我多努力就能写出来的，有些事情我就是再努力，注定一辈子也做不到像别人那样好，但那又有什么关系呢？为什么什么事情都要争个第一呢？有舞台就有观众，如果观众是我的位置，那在此时此刻这般静静地听着收音机里的歌，被旋律和歌词打动，那也许就是最适合我做的事。

又想起某天清晨我5点起床去赶火车，发现楼下的土耳其小杂货店已经开门在摆摊了，店主在清冷的空气里推着一桌桌水果从后门仓库出来。那天晚上我回家也很晚，11点从地铁站出来时发现这家店才刚刚开始收摊，早上看到的那些蔬菜水果根蒂的部分经过一天的氧化作用已经有点发黑，老板微微带着疲态一样样把盒子箱子搬回仓库。

从很小我们一路被指着前进的方向都是，报名好的小学，升入好的高中，考上好的大学，如果有机会就要出国深造，目标职业不是金融商务就是IT管理。虽然在这些行业里，最好你能进入世界500强的企业，最好你能在这些企业里一路厮杀，打怪升级，成为总管、经理、CEO、大老板，最后站上金字塔的顶端。所以我从来也没想过小店老板过的是一种和我多么不同的生活。我也不能想象渔民、矿工、牧人，这些人的生活到底是怎么样的？没有电脑没有坐班没有老板的生活，是以什么为轴心在旋转？他们会因为网络慢而气愤吗？会因为谈到客户而开心吗？会有怎样的欢乐和烦恼？会有怎样的理想和期望？

在日剧里常看到主人公家里是开豆腐店的，世世代代，做着街坊里豆腐的供应。4点起床做豆腐，7点开店，送孩子上学去，营业，进货，忙忙碌碌到晚饭时刻等着叽叽喳喳的孩子们放学，好多人围在一起吃

晚饭，一天天过去。做豆腐显然不可能是我们的家长希望我们去成就的事业，往往这种手工业被认为层次低下无趣，更提不上是所谓的成功人生。但是每次我看到他们满足平和的笑容，就深深怀疑我脚下的这条所谓光明大道将带我去向哪里。

成功真的是人生的唯一真谛吗？追求成功的人生，应该只是万种生活中的一种吧。既然这样，我们为什么要把它作为唯一的标准呢？用这种狭隘的模式催生现代人的痛苦。

我们这么容易觉得沮丧和不满足，就好比拉车的马匹，戴着无法看到四周光景的眼罩，只有眼前一条窄窄笔直的道路，仿佛生活的目的就是到达目的地，也看不见路两边的美景和发生的美好的事情。如果我们从一开始就不戴上这样的眼罩，也许我们就不会视到达终点为唯一目的，而是走入路旁的景色里，享受这个世界多样的美好，尝试奔跑跳跃。一条路变成了无数条，有着无数个方向，我们就能有更多时间在行动前停下来看看想想，有的马会选择去高地，有的选择停留在沼泽，走在路上的，有的选择慢慢走，有的选择快快跑。体会和享受选择带来的每一个真实的心情。

我们如果能自己选择自己要去的地方，也就比较容易能安心地生活在自己的选择里。就像住在大楼里的人，有人乐于登高望远，于是他选择住在顶楼，有的人希望能每天浇花种树，于是他选择住在底楼。没有什么对错之分。我们从小的教育，就是教我们要争第一，要成功，却没有人教会我们要快乐。如果我们能学会满足和快乐，无论在哪里，无论周围的世界发生了什么样的变化，都还是能很好地活下去。

不是自己真心想要做的事情，终于决定不再努力，不再给自己压力，不再争取证明什么。两手一摊坐在地上，心里顿时觉得好轻松，一股前所未有的舒畅涌上心头，手里拽着的所有气球都一口气放了，看着它们越飞越高，终于消失不见。就像在人潮拥挤嘈杂无序的放映厅并不靠前的位置，找到一只舒适合身的小板凳，于是踏踏实实地坐下来等待聚光灯下的演出开场时的心情。

世界这么大，总有属于我的小小的一片天地，那些天才型和努力型的人也总会源源不断地从背后赶超上来，于是我就靠边走走，把看不到的远方留给他们，挥手致意希望他们跑出好成绩。而我只要能在书中读到他们后来的传奇故事，在收音机里听到他们红遍大街小巷的主打歌时，不自觉地哼唱摇摆，就已经足够。

到最后，发现我想要的原来只有那么少。

05　听猫伯爵讲故事

记得最早听到的

是父母自己编的一个睡前故事

在一个叫“滴哩啵咯”的星球上

住着一只小狐狸

小狐狸和它的伙伴们每天都经历着各种冒险旅行

长大后又听长辈们回忆

他们小时候附近的弄堂里住了一个叔叔

每天晚上乘凉时都会给孩子们讲故事

《海底两万里》《神秘岛》

说故事的人娓娓道来绘声绘色

却又总在关键时刻突然停止

留下一地惊呼

预知后事如何

明天继续

中世纪有吟游诗人

现代有小说电影

故事变成了历史

历史变成了传说

传说变成了神话

真真假假是是非非

已经没人说得清

有首歌里这么唱道

故事里的事

说是就是，不是也是

故事里的事

说不是就不是，是也不是

下面就让我为特别的你献上

最特别的故事

被唤醒的记忆

说到自己经历过的奇怪的事情，想起我有一次从网上订了一瓶香水。我不是个常用香水的人，之前从没主动买过香水，平时用的也都是朋友送的，所以我也说不出是被这瓶香水的包装吸引，还是其他什么原因，当时就是很执着地觉得一定要买来不可。

一周后香水寄到了，而就在我打开瓶子的那一刹那，这股香味突然从我脑中勾出了一个画面。

画面中出现了一个房间，环顾四周，房间虽然不大也没有看到窗，可也不觉得压抑封闭。房间的墙壁上似乎贴着有花纹的墙纸，样式看不太清楚。在房间的某个角落有个深红色的物体，好像是条沙发。在另外一个角落有一盏落地灯，灯罩是红色的，但又感觉不是这间房间仅有的光源，整个房间被一种鹅黄色与粉红色的光晕所笼罩，算不上明亮但不至于昏暗。我处在这个房间之中，感觉温暖舒适甚至有点昏昏欲睡，一股说不出哪儿来的熟悉感。但仔细回忆过所有我小时住过的房间、亲戚的房间以及所有造访过的朋友的房间，好像都没有这样一间屋子。可这份记忆与无比真实具体的感受，到底是从哪里来的呢？既然生活里不曾经历，那这熟悉感和亲切感要怎么解释呢？

后来我把这事跟公司的同事说了，对方听完仔细想了想，突然幽幽地问道："先不说细节，难道你不觉得这个房间的样子很像子宫吗？"

子宫？我一时被这个想法震撼得说不出话来。
难道这是我在母亲肚子里的时候看到的场景？这是我还未出生时候的记忆吗？
虽然很不可思议，但是这么一说一切都似乎对上了号。

墙上的壁纸的花纹，很有可能正是子宫壁上的血管。光透过母亲的肚皮照进子宫，使得东西看上去都是红色的。整个房间密闭没有出口但是温暖使人安心，那种熟悉感、昏睡感、安全感都是婴儿在母体子宫里被保护时感受到的……

科学研究说气味和味觉往往比图像记忆更能深刻地停留在人类大脑里而且经久不衰，而胎儿在大脑最初发育的时候用来探索世界的方式也非常与众不同，他们可以看到味道，闻到声音，听到颜色。至于这个香味，也许是我妈在怀孕期间某段时间曾处在这种香气的环境里，导致肚皮里的我对这个味道的记忆保存在了大脑深处。

可我还是无法解释，到底是什么引导着我买下这瓶开启我最初记忆的香水。

也许这个世界上很多事情就是没有办法解释的吧。

午夜剧场

她刚勉强睡着就又被吵醒，睁眼看到从窗帘缝投进屋内一闪一闪的光亮，原来是楼下小区不知谁家的车正在响警报。几分钟后警报骤然停止，一切又恢复安静。没想到这样一醒就再也睡不着了，躺了很久仍旧无比清醒，无奈之下她决定爬起来看会儿电视。

一连换了很多个频道，大多已经伴随着古典音乐打出了晚安字样，唯独几个吵吵闹闹的电视导购频道还在播出节目，她放下遥控器，转身去厨房泡茶。等她回到房间时，电视导购节目不见了，取而代之的是一部从未见过的影片。

画面中一个穿西装的男人正走在一条马路上。她发现这街道看上去非常眼熟，好像就是自家附近小区的样子。这年头住宅区的规划都很相似，若是同一个开发商手下的房子就更加如此，刚搬进这栋公寓的那几天，她曾不止一次拐错街口径直去了隔壁小区，直到发现钥匙打不开楼下的保险门才意识到自己走错了。虽然不能确定，但画面里那路边楼房的设计和颜色都跟自己家附近的相差无几，就连街边树木的根部用铺碎石防止扬尘的设计也一模一样。不过现在越来越多地可以看到路上有剧组在拍电影播新闻，若干年前还会被路人围个水泄不通，如今大家看多不稀奇了也就无心围观了。

西装男人背对着镜头，即使看不见他的脸好像也能感受到他的焦虑不堪。男人双手微微握拳，脚步时而凌乱时而沉重拖沓，一副要跑又跑不起来的样子。西装男人左拐进了一条巷子，走了几步又在路口右拐到另一个巷子里，可无论他往哪个方向走，展现在他面前的几乎永远都是相同的景色。差不多高矮的树，差不多模样的楼，无穷无尽地向着各个方向延伸，仿佛迷宫般没有尽头。他终于忍不住狂奔起来，近乎踉跄地穿梭在这矩形方阵中，他越跑越快，呼吸越来越急促，仿佛有什么东西在背后紧追着他似的。镜头开始拉近，而就在男人要回头的那一瞬间，从电视机四个角往中心迅速蔓延出一片漆黑，把男人和场景一起吞没了。

她出神地看着画面上的这片黑暗，黑暗也回看着她。这是深夜的恐怖电影吗？还是重播什么灵异类的综艺节目？反正也睡不着，她顺手拖过一个豆袋椅歪倒在电视机前。

很快电视又恢复了图像，之前画面里的西装男人已经不见了，取而代

之的是一个穿着碎花连衣裙的中年女人。她还记得这种花色的布料曾在几年前流行一时，如今还对其青睐有加的大多是身材略微开始臃肿的中年妇人——花朵与少女的比喻仍旧是女人钟爱的联想。画面中的妇人用琥珀色的发夹把挑染过的头发盘在脑后，趿拉着一双讲不清是凉鞋还是拖鞋的鞋子。她一手拿着个购物袋，一手拉着一个五六岁的可爱女童。可正当自己转过身去想跟孩子说什么的时候，突然发现手里拉着的却是一把干枯的稻草，女人惊呼一声丢下手里的东西满脸慌张地开始呼喊小孩的名字。就在这时，街道尽头不知何时拔地而起出现了一座写字楼，女人快步朝写字楼走去，远远在大厅门口看到刚才不见了的小孩正笑嘻嘻牵着一个穿西装男人的手。女人见状貌似松了一口气，脚步也放慢了下来，就在这时西服男人突然回过头来，竟是一张年轻女人的脸。中年女人再次吓得尖叫着连连倒退，西装男人乘机抱起小女孩迅速消失在写字楼里。惊魂未定的女人刚准备追进楼去，低头一看却发现自己正赤身裸体一丝不挂，羞愧不止的她抱着胸口跪倒在地上。

画面此时再次中断，她拿起遥控器换到其他台，可所有的频道都一片漆黑，没有了影像。

电视坏了？她伸手去确认电视机背后的线路接触，指尖可以感到电视机微微散发出的热量，电源也好端端插着。

这时屏幕又再次亮起，画面里出现了一片金黄色的花海，与此同时，她感到屋外突然也明亮了起来，从窗帘缝隙间撒进屋里的光柱，像是一根吸管吮吸着她熟悉的真实。她走到窗边拉开窗帘往外一看，小区的空地、停车场、楼房都不见了，屏幕中的那片花海蔓延到了屋外，看着眼前这片浓烈的金色，有种小时候荡秋千时从高空回落的感觉，不安里携带着丝丝兴奋。没有月亮，天空却亮得发蓝，花海婆娑并低声耳语着。俯下身去，她好像听见它们在对自己说，往前看，往前看。于是远远地，她望见天边飞来一条红色的巨龙，就像西洋图册上常见的那种，它悄无声息地煽动着庞大的翅膀，离自己越来越近。当巨龙掠过窗口，她甚至可以清晰地看到它头部嶙峋的犄角，周身被坚硬而布满龟裂土地花纹般的皮肤包裹着。不知为何，巨龙的背上插满了长矛，有的矛杆已经断裂，可刀刃还深深地留在身体里，那些伤口的血液已经凝固，在鳞片上留下一道道紫色的印记。她看着巨龙的眼睛，它硕大的琥珀色瞳孔中反射出她的倒影，巨龙突然开口道："我一直都在找你。"一瞬间，她感到心中有什么东西如泉水般喷涌而出，她想放声大哭，想挣扎着叫出来，她竭力呼喊着，但世界万籁无声。红龙巨大的身躯掠过花海，渐渐飞离远去，消失在了夜空中。

早上醒来，她感觉头疼欲裂，打开窗户通风透气时，看见邻居一家三口正要出门，母亲穿着碎花连衣裙准备送孩子去学校，父亲整理好西装领带坐进车里和母女告别。豆袋椅安静地靠在角落里，没有坐过的痕迹，电视机也关着，遥控器横放在电视机前的地板上。她走去玄关翻出已经打包好准备回收的过期报纸，一条条查找昨天深夜时分的电视节目，却发现那个时段没有任何节目播出。似乎做了一个让人悲伤的梦，却又想不起任何情节来。她口干舌燥地走进厨房，看到桌上放着一杯早已凉透的大吉岭。

St Augustine 精神病院

昨天在网上看到一个关于精神病人画画的帖子，让我不由想起大学时和朋友去学校附近的一家废弃精神病院探险的事。

虽然最终我因为胆小没敢进去，只是白天路过在外面转了转。虽然我不怕鬼，但是我怕这么危险的地方搞不好会是很多亡命之徒或危险人物的藏匿点，死人都已经死了没啥可怕，可要是碰到活人就麻烦了。不过我想青春也就是该这样吧，我的几个同学都是热血男儿，还特地选在大半夜前往。

回来后他们绘声绘色地给我讲述了所见所闻，展示了一路拍的照片，虽然惊悚但也没有太大的爆点，都市传说永远都只是传说。临走前为了留个纪念，他们甚至从一些已经没了入口的密闭房间里偷拿出来一堆精神病人的日记与当时医院的看护记录。文件实在太多而且散发着一股霉味，拿出来以后大概也是嫌麻烦，结果竟然就扔在我宿舍门口不管了。于是偶尔我会心血来潮翻上几页，这些大多都为病人每日的生活记录的文件有时图文并茂，记得有人一页页不停地画着黑色的鸟和紫色的花。看护记录直白琐碎，病人没有事时就一笔带过，即使发病了也草草记了症状了事。现在想来没有留下这堆文件好好研究记录非常可惜，所以只能从网络上进行一些资料搜索来弥补一下自己的好奇心，也同时跟大家分享一下。

St Augustine's Hospital 的地理位置位于英国 Kent 郡一个叫 Chartham 的小镇上，离英国大主教大教堂所在的旅游胜地 Canterbury 非常近，在其西南方三公里处。医院长期以来都是作为一所精神病院而存在，早在 1870 年所谓的精神病院基本上只是精神病人、疯子的收容所，直到 1948 年医院才改名为 St Augustine's Hospital 并纳入 NHS（英国国家卫生服务系统），成为专门治疗精神病人的医疗机构。在五六十年代，当时所谓新研发的电击疗法和精神外科疗法也开始在该医院实施。

在 1972 年，一位名叫 William Ankers 的博士研究人员曾在该医院当临时护工，由于不满医院对待病患的态度，终于与护士 Olleste Westo 一起向上级告发了该医院工作人员严重虐待病人，对其实施人格侮辱，尤其强烈指责了医院对病人滥用电击休克疗法等高达七十多起恶性事件。1993 年该医院由于种种原因被关闭，并于 1997 年开始土地建筑改建，到如今还保留下了少部分当年精神病院的遗址。

结果“废弃的精神病院”这种逆天的设定，就成为了广大英国都市传说爱好者、探险爱好者、脑洞大开者的“冒险地”。不知为啥政府至今都没有对这个荒废的建筑做彻底的清理，直到 2012 年还有人陆续在论坛上发布探险照片。如果你是对这种毛骨悚然的鬼地方有兴趣的人，有机会倒是可以去看看。

记得当年他们拍回来的照片里，还有些匪夷所思的东西。比如在冰箱里发现了已经变成黑色完全不知道放了多久的食物。还有一只鸟的尸体，鸟的尸体上插满了针管，不知道是谁干的。还有木门上的抓痕以及墙上诡异的绘画，也难以分辨是当年留下的痕迹还是探险者的留念。

总之，就是这么一个地方。

另外值得一提的是，在 1991 年据 kent 当地报纸记载，7 月 24 日晚间 11 点 Wye 镇的一位铁路信号员正在与同事通电话，突然电话那头的同事尖叫起来。信号员问对方出了什么事，对方说自己身处的信号亭突然猛烈晃动起来，与此同时这头的铁路信号员也发现自己所在的信号亭开始了猛烈震动，仿佛有人用榔头猛烈从外面敲击似的。于是他冷静地把门打开，准备面对在外面猛敲信号厅的人，结果一个人也没有。没有火车驶过，铁路安安静静的。等他回到电话边时发现通话已经断了，再打过去也没有人接。后来通过值勤记录发现对方昨晚 11 点左右并没有在信号厅内，所以跟自己通话的人是谁呢？

提示：这位铁路员的同事位于临镇的 Chartham，而这所废弃的精神病院就在铁路的对面。

好了，这个信号亭的故事其实是我瞎编出来的。

通常这样的文章总要以鬼故事结尾提升一下感觉不是吗，我也是个爱遵循传统的人。

超　人

越来越多的电视剧开始讲述有超能力的人，他很爱看。

他觉得这比警匪片要刺激得多。以前所谓的高潮就是劫机追车枪战，现在追车枪战后还能够做大炮发射准备，然后当议员的哥哥就抱着超人弟弟飞上纽约高空一起华丽地爆炸。还没死。

这是何等地叫人热血沸腾！

于是在家里没有人的时候，他常常幻想自己也许也有一些尚未发掘的超能力。
比如，隔空取物。
这个念头跳了出来。

不知道为什么说到超能力大家首先不会想到放一个 200 分贝屁的能

力，而是飞行或者这种隔空取物之类的。如果一个人拥有了一些看似无用的能力，就不会被归为超人而是怪人。

他先挑了一个实验目标——一只普通的马克杯。

前后移动了一下椅子调整了距离。“一开始来，不要离太远，循序渐进是关键。”他这么想着，一边出手，做鹰爪状，集中注意力对着半米外的杯子，同时丹田发力，一边脑中重复着同一个念头，移动移动移动！如此过了 30 秒，杯子纹丝不动。他呼出口气，想摸一把额头的汗，但是脸上却干燥无比。可能距离还是太远了，他站起来走到桌边，把马克杯移到自己面前 20 厘米处。嗯？里面还有水？怪不得。他转身走去厨房，把水倒进水槽，不经意瞥见架子上的塑料杯。

五分钟后，他开始尝试第二轮超能力训练。

他熟练地伸出手，做鹰爪状，再次屏息凝神全身用力，身体开始有点颤抖。

可桌子上的塑料杯依旧纹丝不动。

要心无杂念，他寻思着，我的念力还是不够集中，于是他闭上眼睛。脑海中飞来昨天的网费账单，他排除而去！飞来女朋友发来的喜欢的鞋子图片，他排除而去！飞来电视剧里漂亮女演员的绯闻八卦，他排除而去！慢慢地他只觉眼前的一片黑暗中好似出现了一点光亮，他不由大喜，热血沸腾地在脑中大声呐喊，移动移动移动！与此同时，仿佛那些美女演员也在周围热烈地为他加油一般。眼前的亮点越来越大，光线越来越强，终于他发现，是自己睁开了眼睛。

眼前的塑料杯倒了，而桌上的文件纸张飞得满屋都是。身后一阵噼啪声，转过头去，他发现原来是厨房的窗帘被吹得乱响，屋外不知何时起了大风。他懊恼地起身，顺手把塑料杯扔进垃圾桶。五分钟后他决定打开电脑，继续把未看完的片子看完。

小 珊

再次见到小珊已经是二十多年后，那天在商场的化妆品柜台前远远看到一个漂亮女生，身材高挑，穿着时尚的套裙，一手挽着一只硕大的名牌皮包，一边专心研究柜台上粉底液瓶子后面的说明。起先我只觉得这人有点眼熟，虽然她的五官轮廓和小时候相比没有太大的变化，可毕竟这么多年没见了，一个女孩的变化可是很惊人的。我不确定地远远打量着，直到视线落在了她脚踝处深红色的胎记上，才在心里确认了那就是小珊本人。

小珊是我的小学同学，一入学就因为书读得特别好而马上受到了班主任的宠爱，当上班长后更是顺理成章地成了老师左右手般的人物，有特权在下课或者午休时频繁出入教师办公室，帮老师拿讲义发卷子。那时她每天都扎着一条黑亮的马尾辫，在脑后一跳一跳的。小珊走路时总是下巴微抬，昂首挺胸，有那么一股傲劲儿。饱满的额头下两条如弯月的柳眉，一双细长而有神的眼睛，两颊粉嫩嘴唇红润，绝对是个漂亮姑娘。可小珊从来都很少笑，表情永远是冷冷的，跟谁都隔着一座冰山。小珊在班里权力很大，班级演出时担当“审片”，大家排演好的节目都要在她面前表演一遍才能决定能不能在班会上演；值日生要早走或换人也得跟小珊请示；早班会时小珊会拿出讲台里的收音机负责给全班同学做听力，非常有力地按下播放，然后暂停，再播放。碰到有人吵闹她会拿起黑板擦狠狠地敲讲台，中气十足地训斥道“安静点，听到没有？”三年级大家陆续加入少先队后，小珊的新任务就是每天早晨上学时站在班级门口检查大家的红领巾，碰到忘戴的同学就大声质问：“你怎么不遵守学校的服装规则？”然后把对方的名字记在随身的小本子上。

我们私底下都很痛恨小珊的那个封面上画着一只溜冰小熊的红色笔记本。这个本子小珊一直随身带着，谁在课间吵闹了，谁今天没带作业

了，哪两个人在课上偷偷传纸条了，全部都记在上面。后来关于本子里内容的传说越来越夸张，有的说上面有老师特地透露给她的考试题目，所以她才能每次都考得那么好；有的说本子里有班级谁和谁要好的关系图，方便老师在暗地里掌握大局。甚至后来还有传言称，谁有一次不小心看见小珊的本子里有一张全班同学的名单，每个人的名字旁边还分别标着各种符号，圆心代表“可以信任”，方块代表“掌握把柄”，而三角代表“可以利用”。

没有人知道这些内容的真假，但流言却像病毒般在班级里蔓延。同学都有意和小珊保持着距离，不想惹她也不想跟她牵扯上关系。小珊也几乎没有朋友，总是一个人独来独往，体育课的自由活动时间和午休，都能看到她一个人坐在操场树荫底下看书背单词。而小珊对此也毫不在乎，照例每天发号施令，管着班里的各种纪律学习。因为小珊的脚踝上有一个红色的胎记，不知道谁私底下恶毒地给她起了个外号叫“红疤珊”，听到调皮的男生喊她“红疤珊”时，小珊都会立刻回过头狠狠瞪一眼对方，并拿出本子来写点什么。然后下午放学打扫卫生时我们就发现，喊她外号的男生又被分配到了最累最脏的活儿。

印象中我唯一一次见到她开怀大笑是在一个非常偶然的情况之下。无论在校内还是校外，我跟小珊都没有什么交集也基本没说过话，班级活动中，偶尔她的眼神会跟我对上，但又会很快越过我的头顶停留在教室后面打架的男生那里。我们沿着各自的生活轨道前进，就像是宇宙中的两条平行线。虽然我跟她家是同一个方向，但通常一放学我就撒腿跑了，小珊因为要检查值日生总是比较晚走，所以很少会碰到。那天我因为回家后发现把作业本忘在学校了只好又返回去拿，冬季的下午四点半，天已经半黑，西方最远处的霞光从红色变成了深紫。结果刚出校门我就看见到小珊走在前面不远处，于是我不自觉地放慢了脚步保持着距离默默地走在她后面，小珊的马尾辫在后脑勺上一上一下地晃动，随着马尾的摆动，她挂在书包旁饭盒里的勺子之类的东西，也正随着韵律发出均匀的“咔嗒咔嗒”声。我突然开始好奇在她的小本子里我名字旁边画的是什么符号。

大概走了五分钟，突然我听到有人喊了一声小珊的大名，抬头望去，一个高中生样子的年轻男孩站在路口正朝小珊挥手。那男生身材健硕高高大大的，一手叉口袋一手在肩膀上拖了个书包。小珊见状立刻蹦跳着跑过去猛扑进对方的怀里，对方大笑一声拉起小珊的手原地转了一圈。虽然我听不见他们的对话，但可以看到小珊时而一脚抵着路面微微摇摆，时而点头拍手，又一把拉过对方的挎包好像想要看里面的东西。我呆滞而好奇地看着这个从未见过的小珊，她开怀却陌生的笑声非常动听，仿佛清晨山林间的鸟鸣。一会儿工夫小珊和这个男生一起慢慢走远了，“咔嗒咔嗒”的声响也逐渐消失在前方。

显然那天我并不是这个事件的唯一目击者，因为第二天早上关于小珊与“神秘男朋友”的八卦成了班里的头条新闻。男生说那男的是他们谁的哥哥的朋友的同学，是个附近流氓中学的小混混，和小珊早有过怎样怎样的关系，昨天他来找小珊是因为才从劳改学校里放出来，而进劳改学校的原因是因为他为了小珊把别人打破了头。女生这边的版本细节更是多的出奇：“他抽烟！”“后脑勺有三条大疤！”“小珊为了这个男的在厕所里哭过！”“昨天据说有人看到那个男的在路上等小珊，一见到她就把手伸进她衣服里了。”

多年以后，每当我想起那天生日派对后的小珊，总不由暗暗后悔当时也许应该说出自己那天的所见所闻。可至今为止我仍能想起当时犹豫的理由，我不知道说出自己看到的事情是否能终止这些夸张的传言，还是会火上浇油甚至把自己也拉近漩涡的中心。

这些传言在第二天不幸落入了老师的耳朵里，有人说看到小珊在老师办公室里哭得梨花带雨，可回到教室里，她脸上却捕捉不到任何愤怒与难过，依旧是那与平时无不同的冷冷表情。为了整顿风气，班主任特地开了一节班会来狠狠地批评这些散播谣言并煽风点火的行为，可大家你看看我，我看看你，都支支吾吾说不出到底从谁那里听来的。班主任见找不出事件的罪魁祸首，恼羞成怒地重罚整个班级放学后集体留下反省。那天放学只有小珊一人按时回了家，坐满人的教室里寂静无声，只听得见她一个人整理书包的声响，小珊从头到尾一句话也没有说，只是在离开教室时转身道了句“老师再见”。我虽然没敢四下张望，但可以感觉所有人的眼光都尾随着她离开。“都好好反省一下自己的所作所为！”老师的训话随即把我的思绪拉回现实，我发现自己这时好像有点同情小珊。“想想这种事如果发生自己身上，自己会是什么感受？”老师接着说道。我试着想了一下，但觉得这个假设很难成立，脑中只有一片空白。

从那天以后班级里同学对待小珊的态度开始有了变化，同学们对她的态度逐渐缓和了下来，再也没有关于她的流言传来传去，甚至连男生也不太喊她外号了。我不知道是老师的训话发生了作用，还是同学们真的意识到这样的传言对一个女生的伤害，可我不知道是否自己过于敏感，总觉得这转变里好像有种不自然的东西。很快班级里的气氛又恢复到了往日，甚至比以前更加和谐，渐渐地小珊对大家发号施令时的口气也变得婉转，对待男生也没有那么凶巴巴了，以至于很长一段时间我们都没有看到她在小本子上记东西了。

大概半个月后，班级里有个叫雯雯的女同学要过生日，雯雯的父母都是大公司的老板，家庭很富裕，于是在雯雯 10 岁生日之际阔气地给女儿的全班同学都发了生日宴会的邀请信。这是我头一次如此正式地收到同学的生日邀请，打开香香的小卡片后只见其父母的笔迹，一本正经地写着“恭请亲爱的 ×× 同学，与 × 月 × 日下午 6 点来我家出席雯雯的生日宴会。期待你的到来！”这在当时是身为一个小学生的我所遭遇过的最大的社交事件，全班都被即将到来的生日聚会搞得兴奋不已，一连好几天所有的课后话题都是参加生日宴会要穿什么衣服和给小寿星买什么礼物。全班同学当然也包括小珊在内，大概是被这欢乐的气氛感染，难得一见的笑容也时不时浮现在她的脸上。

众人瞩目的日子终于到了，雯雯的生日宴会果然热闹非凡，全班同学都来了，上下两层楼几乎全被人占满，大家送给雯雯的礼物堆了整整一沙发。晚餐结束后同学们陆续被家长接走，那天因为我父母有事要加班，所以告诉我会稍微晚一点来，于是我就和其他十几个还没走的同学凑在一起边玩边等。这时不知道谁提议说：“我们来拆礼物吧！”于是在寿星的带头下，大伙把沙发上的礼物都拿到二楼她的房间里，雯雯则像公主一样坐在一大堆礼物中央，十分兴奋地逐个拆开。当她打开一个小小的白色纸盒时，突然发出了一声惊喜的呼叫，只见盒子里装着一只莹亮剔透的水晶苹果，苹果的中间用当时非常先进（在我们看来几乎是魔术）的激光技术刻进了“Happy Birthday”几个字。

“哇！太美了！这是谁送的？”雯雯一边激动地大呼小叫，一边翻看盒子里的卡片。我们互相传递着这只美丽的水晶苹果，羡慕不已又爱不释手，觉得与之相比那些彩色水笔、铅笔盒、卡通垫板等礼物都顿时显得黯然失色。可当雯雯打开卡片后，满脸的笑容突然消失不见了。

“是谁是谁？”大家围拢过去。

“是小珊送的。”雯雯冷冷地回答道。

“切，谁稀罕她送的礼物！”还没等我反应过来，雯雯的好朋友莉莉就突然气呼呼地大嚷起来。

“大家都送学习用品什么的，她一个人送这个，搞什么特殊啊！”

“就是，有什么好拽的，送个礼物也要显出自己的不同！”

“不就是平时有老师罩着嘛，就在那里指挥人，有什么了不起啊。”

很快，在场的其他几个女生也跟着三言两语地加入了对小珊的批判。雯雯被人们围在当中，攥着水晶苹果，一边听大家七嘴八舌的讨论一边时不时点头表示同意。

“你有没有看到她多早走，根本就是不想来参加同学的生日宴会。”

“你觉得她哪来那么多钱买这么好的东西，我听说她家里很穷的，所以班主任一直私底下给她东西用。”

“怪不得哦，我觉得这个礼物根本就不是她特地买给雯雯的。肯定是那个流氓男朋友……”

“对！肯定是她那个流氓男朋友买给她，然后她正好乘机送给你，装的好像是自己买的一样。”

我一时有点不知所措，但又忍不住竖起耳朵听着这些伶牙俐齿的女生尖锐的话语。终于在场的几个男生也忍不住插进嘴来。

“平时凶起来要死，我们是好男不跟女斗。”

“就是呀，我是让着她的。”

“真要打，你觉得我们会打不过她啦？”

几个男生越说越激动，手舞足蹈起来，一个不小心把雯雯手中的苹果撞得掉在了地上，水晶苹果在地板上撞出清脆的“咚”的一声，好像一颗石子投进了一潭积满愤怒的湖水里。

“扔掉它！”不知人群里谁说了这么一句，起先雯雯还有点犹豫，但伴随着“丢掉！丢掉！”的呼声越来越高，她终于一用力，把手中的苹果从窗口扔了出去。半秒之后，只听楼下传来“啪”的一声脆响，人群瞬间爆发出一阵欢呼。这时站在窗口的男生撅着屁股往外探了探脑袋说：“好像没碎。但是太黑了，看不清楚。”说罢自告奋勇地跑下楼把苹果又捡了上来。男孩手中的苹果虽然大致形状还比较完整，但苹果的把已经断掉，表面出现了一片白白的点状裂痕。现在想来，这个苹果应该是有机玻璃做的，否则早就该摔成了碎片。见状，在一旁的莉莉不甘心地抢过苹果，又往楼下扔了一回，结果依旧没碎，随即马上又有第三个自告奋勇者做了尝试，水晶苹果第三回被扔到楼下。

接下来的半个小时里，一屋男孩女孩就这样一次次反复摔砸着小珊送给雯雯的礼物，苹果每发出一声脆响，所有人就发出一阵欢呼雀跃。记得我当时的心情变得非常复杂，我很想加入他们的狂欢，这样赤裸裸的破坏行径让我血液沸腾，可同时我却又本能地感觉这股能量底下有什么黑色的，黏稠的，让人不悦的东西在蠢蠢欲动。苹果每次摔在地面上那一声清脆的“啪”都猛烈地敲打在我的心上，是在鼓励我加入，还是在警告我远离？我不知道，也无法分辨。就在这时，不知谁把苹果塞到了我的手中。“你还没摔呢对吧？这次看你的本事了！”我握着这颗已经被摔得伤痕累累面目全非的水晶苹果，发现比想象中的要轻很多，整个表面都已被蜘蛛网状的裂缝覆盖，伴随着大大小小坑坑洼洼的缺口，苹果里“Happy Birthday”的字迹也已经几乎无法辨认。“再来一次肯定就碎了！”像是被催眠了一样，在所有人期待的眼神中，我举起苹果往楼下用力摔去，“啪”的一声在黑暗里绽放开。“我去检查！”都没看见是谁在喊，声音的主人就已经蹿到了楼下，大家围到窗口一阵屏息凝神。

“还没碎！”

“唉！”屋子里一阵叹息。

如此反复又摔了几个回合，突然冷不丁地传来“啪——哗——”的一声，像是无数颗玻璃弹珠散落在大理石的地板上。苹果终于摔碎了。

“耶！”大家激动地欢呼起来，好像终于完成了一个了不起的任务。女生们站在沙发上兴奋地蹦跳着鼓掌叫好，男生们则争论起刚才谁摔的力气最大。不出一会儿工夫，水晶苹果很快就被客人们遗忘了，地板上高高堆起了更多礼物与五颜六色的彩带。

半小时后，母亲终于来接我回家了。雯雯的妈妈一边送我到门口，一边热情地说道：“谢谢今天你来呀，雯雯和朋友们在一起是最开心的！”晚上的居民小区很安静，还可以听到身后雯雯家的方向不断传来一阵阵欢笑声。母亲一边骑着脚踏车，一边问坐在后面的我玩得开不开心，礼物同学喜不喜欢，我心不在焉地应付回答着。就在要出小区大门的时候，我突然看到小区出口的传达室里坐着一个熟悉的身影，听到自行车链条声，那身影抬起头来，马尾辫一摆，果然是小珊。

“那个是你的同学吗？”我妈问道。

“嗯。”我点点头。

“也不打个招呼？”边说我妈边慢下自行车的速度，停在传达室门外。

传达室的值班老伯正哈欠连连地半靠着藤椅听电台评书，旁边的一张桌子前坐着脸上略带倦意的小珊，一架公用电话旁摊开着几本作业。

“你怎么没回去啊？”我有点尴尬地问道。

“我在等我家里人来接我，他们应该马上就到了。”小珊回答。

“那为什么不在雯雯家等呢？我们很多人刚才就……”我说到一半，发现后半句话不知怎么突然卡在喉咙里。

小珊转头看着雯雯家的方向说道："我还是在这里等就好，反正爸爸很快就要来接我了，刚才我已经打过电话了。"说完小珊给了我一个几乎察觉不到的微笑。

这时我看到面前的一堆作业本旁，小珊的那本红色笔记本正完完全全地面对着我打开着，于是我忍不住乘机朝本子偷望了一眼，只见那一页上写着：

10 月 24 日，雯雯生日聚会。6 点。地址：××× 小区 ××× 号。（不要忘记带礼物。）礼物旁边用红笔画了一个小苹果。

"跟同学说再见了哦！"伴随着母亲的自行车链条再次响起，小珊的身影渐渐远去，最后传达室的灯光也变成了黑暗中的一个微弱的亮点。

生日宴会后的第二天，一切恢复寻常，早自习时大家纷纷讨论回忆着昨天生日派对的细节，小珊照旧在教室门口检查同学的仪装，没有任何改变发生，后来我甚至怀疑昨天晚上的事情根本没有发生过。小珊在四年级下学期选上了学校的大队委员，并一直连任班长到毕业。那年我们区正好碰上教育改革，小学升初中的考试被取消了，为了平均教育资源，所有毕业生都按规定分配到附近的初中，我们自然是欢欣鼓舞，可家长对此都很不乐意。因为我们小学对口的初中学风不算很好，班里很多同学都在毕业前的那一年转学去其他还未采用改革方案的地区，准备报考好的学校。小珊也不例外，在五年级上学期转学走了，因为决定做得突然，也没来得及为她举办任何形式的欢送会，只是新学期一开学后，小珊的座位不再有人，早晨班级的门口少了一个熟悉的身影。听班主任说，她后来因为成绩优异而直接被保送到了市重点中学，往后则再也没有听过任何关于她的消息。

“小姐你需要什么吗？我们现在在搞活动哦。”我被这突如其来的声音吓了一跳，回过神来看到身旁一脸殷勤的服务员正准备向我推销什么。“不用，谢谢。”我赶忙婉言谢绝，当我再次抬头往前看时，小珊的身影已经在人群中消失不见了。

马里奥的来信

亲爱的猫伯爵：

你好吗？最近我很苦恼。

我和兄弟不常见面。因为游戏叫做《超级马里奥》而不是《超级路易吉》。

我和公主也不常见面，每次辛辛苦苦过关斩将后总是又接着新一轮的过关斩将。

我从来都没有机会与乌龟、香菇还有食人草交朋友。

每次一见面我都无暇逗留，直接从他们头上飞过去。水管界相传我很没有礼貌。

游戏外的世界里，你们说我们都是好朋友。

哦，这是马里奥的好朋友路易吉，这是马里奥的好朋友莫西。

但是一站上舞台，我们不是在竞争，就是在对打，跳起来踩在对方的头上。

蜜桃公主写信告诉我她和恐龙库巴订婚了。

因为每次在我前去打败库巴拯救公主之前，都是库巴在照顾她。

他其实是一个外表粗鲁，内心细腻的人。

我也觉得公主的选择是正确的。

这里的世界永远是蓝天白云，我永远所向披靡。

我可以加速翻滚，跳跃攀壁，变大变小，甚至发射飞弹。

但是每次从旗杆顶端滑下的那一瞬间，我都会觉得无比空虚。

科技发达了，世界渐渐不需要水管工，我连唯一的兼职都快丢掉。

期待你的来信。

苦恼的马里奥

（写在玩家暂停的空当时）

赵师傅

几年前曾有一段时间，由于工作原因我常在外面跑来跑去，一天中很多时间都花在了坐出租车上。

这个城市的出租车司机大多很爱跟客人聊天，自来熟功夫一流，即使你不做什么应答，他们也能天南地北跟你神侃他们的所见所闻或者分享人生故事。我通常很少主动跟司机们聊天，大部分情况下都扮演听故事的角色。

听某位司机说他曾载过一位女士，对方一上车就伤心地哭起来，手里的纸巾全部用完眼泪还流个不停。司机看着心里难过可又不知道怎么安慰她，于是靠边停车去便利店里买来一瓶水和一包新的纸巾。“哭多了会脱水，脱水了要头疼。”说着把手里的东西递了过去。“后来她成了我的老婆。”讲到这儿，司机不好意思地笑笑，“离婚后又找到那么个好老婆，我真是没想到。”我看着他眼角的皱纹幸福地荡漾开去，不觉得这是在扯谎。

还有一次，那阵子我一连好几天熬夜通宵地赶一批合同稿，终于按时完成了所有文件的准备。可没想到签约当天的凌晨两点我突然接到对方的电话，说由于个人资金周转不过来，乐观地估计了投资的可能性，抱歉地告诉我这笔单子他做不了了。放下电话，我从头到脚感觉像腊月里被泼了一桶冷水，等回过神来不知道怎么已经站在了楼下的街口，面前缓缓靠来一部出租车，司机一边喝咖啡一边从车窗里伸出头来问我要去哪儿。我不知所措地坐上了车，却发觉自己哪里也不想去，想了半天决定让司机绕城一周。一路上我脑子里一片空白只觉得身体沉重得像个沙袋，歪在后座上。一路都沉默不语的司机直到送我

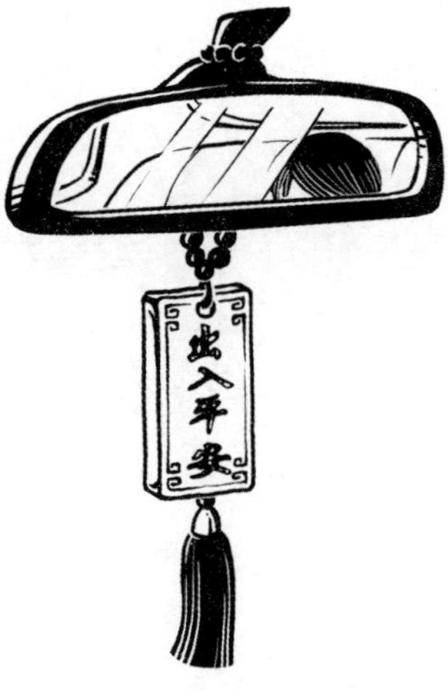

回了家，才在打发票时告诉我：“我开了 16 年的出租车，半夜叫我绕城一周的乘客，你是第四个。”

唯独有一次我不得不一路跟司机聊个不停，因为突然发现身边的司机竟然开着开着打起了瞌睡。“现在路上有点堵，所以容易打瞌睡，等下上了高架，速度一上去，我就精神了。”听了他这番话我更是吓出一身冷汗，无论我怎样努力劝说司机到路边停车休息一会儿，我自己的事不那么着急，可以再拦一辆，可他却硬是坚持要送我到目的地，好像我不信任他的能力似的。为了防止他再次睡着，无奈后半程我只得不停地制造话题。师傅你小孩多大啦，什么时候考高中；现在社会上找工作真难啊；今年夏天好热，晚上只能开着空调睡，电费又太厉害……一路不停地唠唠叨叨总算平安到达目的地，有惊无险。

后来有一阵子，由于某位客户要求我们每天早晨去他那里开会做工程进度汇报，公司干脆帮我联系了一位大众出租车公司的赵师傅，每天 8 点半专门固定接我跑这一趟。

赵师傅已经跑了 28 年的出租车，是公司里的老司机。赵师傅快 60 的年纪，头发有点稀疏，白发和黑发的数量已经不相上下，一张国字方脸，慈眉善目，见到我总是笑眯眯的。赵师傅从不迟到，每次都提早 10 分钟就到公司楼下等着，天气再热也总是整齐地穿着出租车公司发的衬衫制服配白手套，如今我已经很少看到出租车司机每天上班还如此认真地着装。虽然仍旧是大众2000的老型号，可赵师傅的车却总是擦得干干净净，车里没有呛人的烟味，坐垫雪白平整，脚下的垫子上也没有泥土树叶或者厚厚的灰尘，零钱统一放在一个薄荷糖的铁盒子里，纸币用夹子夹好，一切都整整齐齐。

赵师傅的车里总是开着广播，每天这个时候固定收听一个叫“决战24点”的电台竞赛节目。想来最近一次玩24点已经是高中时代的事情了，几个哥们儿中午打牌打累了就开始互相挑战这个简单又有趣的数学游戏。我承认自己天生没啥数学天赋，所以一直充当发牌人。记得当年班上有个精瘦精瘦的男孩，玩起24点简直拈手就来，四张牌才刚刚放好，他就大喊一声“先乘后减三八二十四！”而我连他是怎么得出三和八的都还没看出来，就被催促快进入下一轮发牌。后来听说这位兄弟去微软当了首席软件工程师，我没想到这么多年后能再次听到24点这个名称，顿感异常怀念。

“请问您介意我开车时听听这个节目吗？”第一次见面时，赵师傅就很有礼貌地问我。“没关系。”我挥挥手表示不介意。听我这么说后他才放心地把广播声音微微转大了点，“我从小就特别爱玩24点，现在路上遇到堵车时还忍不住拿前面车子的车牌号算。”

赵师傅的话不多，一路上我们偶尔会聊几句天气新闻，但大多数情况下 30 分钟的车程里我一般都会趁机闭目养神，而赵师傅则专心地一边开车一边听节目。为了不断提高游戏的难度，节目有时会挑战要玩家在 5 秒内答完成解答，又有时会一下子连报三组数字，让参赛者靠记忆力同时完成三道题的挑战。时间一长，我也渐渐被这个节目吸引过去，每天都听得聚精会神，时而紧张时而激动。此外我还留意到一个特别厉害的听众，这个声音稳重、名叫“大城”的男生，几乎每天都会打电话来参加，据说已经蝉联了好几个月的月冠军。他记忆力超强，反应敏捷，面对各种变数和考验，他都能从容不迫地解题成功，让人啧啧称奇。虽然看不见到他的样子，但从他平日的谈吐中可以感到这人有股不凡的魅力。

“你觉得大城会得冠军吗？”有一天我突然发现自己开口问他。“这不好讲，比赛越激烈相对地压力也就越大。”赵师傅回答道。“嗯，你说的有道理！”我点点头，“但我在那么多选手里，还是最希望他能赢。”“我也是。”赵师傅说完微微一笑。不知不觉赵师傅和我也相处了快一个月，节目也终于到了争夺“决战 24 点”的季度总冠军的那天。果然在一场紧张刺激的比赛后，大城以他一贯的水准和稳定的发挥摘下了冠军头衔。为此节目在比赛后专门安排了一个电话个人采访，希望作季度总冠军的优胜选手大城发表一下感言。

“获得季度总冠军高兴吗？”主持人问道。

“非常高兴！”大城显得尤为兴奋。

“请问你还打算挑战半年度，甚至年度总冠军吗？”

“我想会的吧。”

“请问你 24 点一直都这么拿手吗？有什么秘诀？”

“有可能是我爸从我很小的时候就带着我一起玩的缘故。”

“原来是从小就特殊集训啊，怪不得别人都赢不了你呢！”

“哪里哪里，还是私底下练习得多的缘故，熟能生巧。”

“那再请问大城先生，你平时除了 24 点，还有什么其他娱乐活动？”

电话那头的大城微微停顿了一下，但很快又继续从容地说道：“我是一个盲人，所以娱乐活动也比较有限，除了 24 点外，听广播和有声小说是我最大的乐趣。”

这颇令人意外的消息让一贯伶牙俐齿的主持人一时间也吃了螺丝："我，我们节目非常欢迎广大盲人朋友也都来参加这个节目！"

"谢谢主持人！"大城也带着笑意应答着。

"那大城你如今夺取了'决战 24 点'的季度冠军，从小和你一起集训的父亲知道以后也一定会非常高兴吧！"

"我想他肯定会非常高兴的！我父亲是名出租车司机，他一直都是这个节目的忠实听众，最开始也是他鼓励我打电话来参加的。"

"那我想请问您的父亲叫什么名字呢？导播刚才告诉我，我们节目可以电话连线向他报告这个好消息。"

"我不知道他现在有没有在开车，不过你们可以试试看。他姓赵，是大众出租车公司的司机，手机号码是 ×××××。"

"好的，那我们这就电话联系大城的父亲试试看。"

30 秒后，我听到赵师傅口袋里的手机铃声响了起来。

在这个世界上，有的人半夜失眠绕城，有的人眼睛看不见，有的人开出租车，有的人玩 24 点。我一边听着赵师傅的手机铃声在耳边一阵阵地响着，一边往车窗外看出去。此时此刻，阳光下的街道上人来人往车水马龙，四周摩天楼的玻璃外墙反射着耀眼的光亮，而不远处的天空中，正有鸽群拍打着翅膀，轻轻掠过云端。

告 别

白垩纪天空的云层里总夹杂着一种紫色的不安，不远处的火山冒着烟，脚下的大地不时发出一阵阵巨响，像是从地心不断翻涌上来愤怒与躁动。巨大的杉树群像钢针一般耸立着，放眼望去蕨类植物茂密地覆盖了每一寸土地，不知名的昆虫正在贪婪地啃食枝叶，空气潮湿黏稠并无时无刻充满着植被孢子散发出的刺鼻味道。不远处的湖面上有几只翼龙在高空盘旋着寻找猎物，太阳即将升起，借着晨间湖边雾气的掩护，几只小型恐龙正在谨慎地饮水。

突然一阵闷响从沼泽深处传来，惊得那群小恐龙立刻抬起头四处张望。紧接着又“砰”的一声，黑暗中有几道火光闪出，并伴随着噼里啪啦的奇怪动静。小恐龙们见状立刻一股脑全钻回了身后腐烂灌木的保护色中。

“不行啊，主燃料箱的冷却系统彻底瘫痪了……”一个矮小的老人从沼泽里趟着泥水走到岸上，身上的衣服沾满了绿色的藻类，已经很难分辨出布料原来的颜色，虽然一只手臂还绑着绷带，可仍旧行动敏捷。老人黝黑的脸上有的地方已经开始脱皮，汗水顺着眼角的条条皱纹一路淌下，在脸颊上形成了一道道黑色的痕迹。

“老师，让我再启动一次试试。”身边的年轻人见状忙迎了上去，他的一头金发已经失去了光泽，湿漉漉地耷拉在额头上，脸被厚厚的灰尘糊满，只有露出来的那一双绿色眼睛仍炯炯有神。

“没用的。”老人摆摆手，“冷却系统的每一次启动都会损耗掉燃料箱仅存的那些燃料。”

“也许我们可以就地取材尝试液冷……”年轻人似乎还是不甘心。

“不行，这里的水不够干净，微生物太多，会堵住过滤系统。”

“但是我们有液体净化装置，只是要花点时间。”

“那起码又得耗上好几天。我们没有这么多时间了，瓦特恩。你看那边的火山，今天早上几个小时内已经发生了四次地震，这个点上的物理空间已经非常不稳定。”

“如果我们使用备用燃料箱……”

“不可以！备用燃料是能让我们回去最后的希望了，不到关键时刻不能启动！”

“可现在不就是关键时刻吗，老师！”

望着年轻人坚定的眼神，老人叹了一口气，摇摇头一屁股坐在沼泽中凸起的一块石头上。

“唉，早知道我真的不应该让你跟来，这么危险的旅行我是怎么想的呢。”

“老师，是我硬要跟你来的啊……这么多年来我一直都是你的助手不是吗？”

“我真是太自以为是了。”老人觉得右臂又隐隐疼了起来，这是几天前时间旅行舱坠落到沼泽地里时受的伤，“我总是以为自己还年轻，一意孤行……”

“老师，不要这么想。”年轻人走到老人身边蹲下，轻轻握住他的手安慰道，“凡是还有一丝希望就不能放弃，这不是您一直教导我的吗？”

“可是到如今，前景非常不乐观，就算我们能最大程度地修复机械上的故障，可返程所必须具备的稳定磁场、大气压力、湿度等等条件都很不利。探测器又烧坏了，再启动可能又要烧掉一个部件……最关键的是，因为泄漏我们没有足够的燃料制造虫洞，任何多余的绕曲空间都要消耗掉更多燃料。但如果为了减少旅行舱的质量而卸载导航系统，这一来我们又无法精确设定虫洞跳跃的距离，下一个出口可能是没有空气的小行星带，或者太阳表面等任何地方，这根本就是自杀行为。”

年轻人听罢，沉默了一阵，老师说的都是对的，他把所有可能性都想到了。“我再想想办法吧，也许还有可以舍掉的部分，我再去检查一下量子能转化器的电量和磁场稳定度。”说完年轻人便转身又爬进舱门内。老人看着面前这个两米高的蛋状白色物体半倾斜着静静地躺在沼泽的浅塘中，这个时间旅行装置是他们师徒二十几年研究的所有心血，可第一次运行就发生意外情况，被多余的重力吸进七千万多年前的白垩纪晚期，而又因为磁场不稳导致的缓冲降落失灵，最后从 10 米的高空直接摔落下来，还好落入了沼泽地里，不然代价就不仅仅是一只手臂的伤。

看着年轻人熟练地检查装备的身影，老者嘴角浮现出一丝苦笑。他为自己能有一个如此聪慧勇敢的学生感到骄傲，可又懊恼因为自己的失误而导致了他也一起陷入如今这危险的境地。他的思绪飞回到十几年前，当时人工智能机器人的普及对人类社会的传统伦理产生了巨大冲击，社会形势极其动荡不安，无数人工智能机器人在那几年里不断地被武装的保守组织人道毁灭，可瓦特恩却从未有一次选择离开公众视线避难，自始至终与自己并肩为人工智能类生物争取权利。终于几年后联邦国的元老会经受不住民意压力，通过了著名的 38 号法律，授予 A 等人工智能生物与人类一样的安全保障，瓦特恩在议会大楼前当场抱着自己泪流满面，那段岁月至今仍旧历历在目。

东方的太阳已经完全升起，浓雾散尽意味着危险的到来，这个水塘是很多生物的猎食之地，致命的肉食恐龙随时都可能出现。等老人的思绪回到现状，他发现火山的烟雾好像比刚才更加浓烈了，湖面上的翼龙不知何时已经消失，周围有点安静得可怕。

这时年轻人也回来了。“老师，量子运转器的偏执我修正了，但是牺牲了夸克粒子加速器的冷却系统，也就是说，这个加速器也许只能再用一次……”老人一边听着一边在脑中飞快地计算着所有连带后果。

“导航器呢？”

“运转正常，我改成了手动操作，自动系统的拆除使得整体质量又可以减轻一点。”

“手动操作么……嗯，那么电磁场稳定的系数如何了？”

“又运行了一次模拟数据，比三个小时前有所稳定。”

“那么燃料不足的问题呢？”

“我觉得如果永远做保守操作也许我们永远会被封闭在这个地方。照您所说，一旦发生大的地震也许空间的稳定性会被完全破坏，到时候探测器想找到一个封闭类时曲线都很难。”

“也就是说，还是要使用备用燃料吗？”老人依旧担心地自言自语着，“目前的燃料要实现量子压缩非常勉强，搞不好我们会被一直封闭在虫洞里永远漂流。”

“这个危险我也考虑到了，老师，但事到如今如果我们不抓住任何微小的机会也许永远都不会有机会了。”

老人看着年轻人冷静的脸，心里感叹道：这就是人工智能吗？摆脱了人类情感控制所制造出的过度紧张猜疑的情绪，无论何时都能最冷静地作出最大胆，也许最值得一试的决定。他们终于要超过我们了。

“我……我想我应该信任你，瓦特恩。你已经不再是个孩子了，就照你说的做吧。”一瞬间老人突然觉得自己苍老了很多，面前的这个小伙子此时显得那么高大。“老师，我永远都是您的学生啊。”年轻人听罢微笑着朝他伸出手来，扶着老人朝舱门走去。

突然，老人觉得脚下腾空，身体一歪，等意识到时已经完全被年轻人扛在了肩上。那一瞬间，他突然意识到了年轻人行为背后的意义。老人试图挣扎，但瓦特恩早已三步并两步地赶到舱门前，近乎是粗鲁地把老人塞了进去。

“不——”老人拖着受伤的手臂，勉强从地上爬起来扑向出口。可已经来不及了，舱门在老人面前“砰”的一声封闭起来，身后系统启动的电流声越来越响，他看到导航器的坐标已经被设置好，定位在他们来时的空间位置，红色的显示器清晰地亮着 AD.2136 这个熟悉的年代。顾不得手臂的疼痛，老人不断用力拍打着舱门上的强化玻璃，门外的年轻人站在自己面前，绿色的眼睛里闪烁着点点泪光。

“为什么？！为什么不听我的话？！为什么自作主张？！”老人极力吼叫道。

与此同时，舱门外渐渐起了风，蕨类植物的落叶纷纷被卷起刮向天空，大地又开始上下震动，比之前更加剧烈，火山口冒出点点红色的岩浆。

“老师，您的计算是正确的。”年轻人终于开口了，“启动备用燃料让两个人同时回去的成功率只有 3.42%，而让一个人成功回去的概率却可以到达 76%。”年轻人顿了顿继续说道，“抱歉老师我骗了您，刚才的模拟运算显示空间的不稳定性已经接近临界点，预测了一场大地震就要到来。如果这个时候不走，也许我们谁也走不了了。”瓦特恩一边说着，一边拉下领口的拉链露出右胸口皮肤上的绿色按钮，“可除此之外我想到了也许还有另外一种可能性。老师，我是您制造培育出的超 A 类人工智能人，我的机构和人类不同，在没有水和食物的情况下，只要可以摄取到太阳能也还能继续存活，在任何极端环境我比人类有高得多的生存概率。我计划在南极地底的冰川中找一个地质运动稳定的地带，来保证我的生物肉体在超低温的情况下几万年不被物理分解或者破坏。同时我将启动休眠模式，用仅存的生物电来维持大脑数据的保留，以及地理位置信号的发射。在最乐观的情况下，理论上这是可行的，而且是人类绝对没有办法做到的……之后我所需要做的就是等待，而且我相信老师回去后，一定有能力在未来找到我。”

“傻孩子啊！那将是一场七千多万年的等待啊。你完全不知道这期间世界会发生什么……”老人的泪水此刻已经布满了脸庞，年轻人的身影变得模糊不清。

“机器和人的区别，就是机器永远会选择成功概率更大的那个选项，而人类面对 0.000000001% 的希望却也不会放弃。”年轻人低下头拍了拍自己的胸口，又指了老人说道，“我不是机器，我是老师的学生，我选择那 0.000000001% 的可能。”

此时一阵耀眼的光亮从旅行舱的顶部缓缓蔓延下来，蛋的底部开始变得透明，量子分解的程序已经启动，周围电磁的噼啪声越来越响，一张无形的重力网已经紧紧把船舱包裹。舱内老人的话语被巨大的声响轻易掩盖了过去，年轻人一边朝着越来越透明的舱门挥手一边倒退。在一声巨响之后，他被一股气流猛地抛向天空又摔回泥地上，他坐起身来，只见衣服上留下一阵嘶拉拉的火星，抬头再看那白色的旅行舱已经完全消失在了眼前，唯有巨响的回音还弥留在耳边。远处的火山终于开始喷发，巨大的柱状烟雾直冲天空，几分钟后，夹杂着火山灰的雨点从天而降，瞬间把一切都变成了灰色。

再见，老师。

望着地平线的方向年轻人在心中默念道。

希望时间不会冲淡我对您的思念。